山魂

馬納斯鹿的回聲

李小石／文字・攝影

目次

推薦序

寓「三魂」於《山魂》

林燊祿

小石兄再償宿願，攀登了世界第八高峰——馬納斯鹿。此峰不獨高，更是險，初聞小石兄欲攀登馬納斯鹿，妻小憂之，親友憂之，國人憂之。

小石兄無恙歸來，無識者暗笑我們的憂心，但若知道攀登馬納斯鹿峰的紀錄，再讀小石兄在《山魂》中所述的山難，便不會認為我們的憂是杞人之憂了。

馬納斯鹿在尼泊爾的西北，屹立千萬年，觀盡世情，護蔭尼人：山，其有魂也；客登馬納斯鹿，親炙自然，赤子情懷：山，客魂之所嚮往也；登山者或不幸而罹難，死得其所：山，客魂之所寄也。

小石兄以實錄之筆，記述登山之險；以藝術之筆，攝下絕地之景、大塊文章；以生花之筆，繪寫書畫以託心中之情，曾讀小石兄的《喚山》及《南湖雪夢》的，當愛小石兄書中的筆情、筆意、筆藝、筆思。今小石兄再一展其文學、藝術、哲理的造詣，寓「三魂」於《山魂》中，讀之者，不覺心神搖動，一憂小石兄履山之險，一喜見其登山後之有作也。

小石兄於來年，又思登干城章嘉，我等寧無憂乎？寧無喜乎？

（作者為國立中正大學歷史系副教授）

自序

心靈的奧德賽

馬納斯鹿（Manaslu，八一六三公尺）屬於喜馬拉雅山系，位於尼泊爾境內，是世界第八高峰。一九五三年，日人第一支遠征隊花了三個多月的時間攀爬，沒有成功。當年因濕氣濃厚加上不斷侵襲的印度季風，馬納斯鹿冰河大量滑動，造成蚌哲寺上方湖泊潰堤，因而寺倒牆塌，多人死亡，沙瑪村居民認為是日本遠征隊攀爬靈魂之山，觸怒山神所致。隔年，日人再組隊挑戰馬納斯鹿峰，沙瑪村民強烈拒絕任何遠征隊再度進入，日人只得轉而攀登喜馬拉雅山脈的嘉納許峰（Ganesh）。後來，日本岳界主動釋出善意，號召企業募款協助修建蚌哲寺，並購糧捐贈改善山區居民生活，經歷一段時間，居民才漸漸不再對日本遠征隊有敵意。日本隊成功地於一九五六年登上馬納斯鹿，成為世上首登該峰的國家。

攀登馬納斯鹿有二大難關：首先，機械運輸工具只能抵五百七十公尺高的村落，剩餘路途僅能徒步，途中幾乎無山屋可住宿，須搭建臨時帳篷，所有登山設備、食物須靠人力及騾隊運送至四千四百公尺高的基地營，約耗時十三到十五天；另一個障礙是大雪崩，因地質關係，馬納斯鹿雪崩情況比聖母峰嚴重許多，亦是目前為止登山家成功登頂機率不高的主要原因。

登山多年，近年開始嘗試攀登極峰，二〇〇九年登上聖母峰，二〇一一年再度登上世界第八高峰——馬納斯鹿，有人問我，以前岳界鮮有我的名號，怎能以此高齡突然二、三年內成功攀上二座極峰？也曾有幾次與山友同行，山友提出質疑：「你不是登山專家嗎？怎麼爬山速度這麼慢，這樣還算『勇腳』嗎？」「為何喜歡登山？」「如何訓練體能？」「於何時完登百岳？」面對一連串疑問，我常張口結舌，因為這些提問在我心中亦是個大問號。

出生於馬祖，一個沒有高山卻丘陵遍佈的小島，馬祖最高的山——雲台山，還沒超過三百公尺。記憶中，四、五歲光景，拽著媽媽的衣角到幾公里外的姨媽家，上下起伏的路段，走起來那麼自然，沒叫過半聲苦，可能是姨媽家有美食可盼；稍長，依父親指示，獨自將漁獲分批送至各親戚家，為快些得到獎賞，步伐自然邁開，走來臉不紅、氣不喘，似乎路面就理所當然地上陡、下斜，一點不覺累。直到高中，隨父親遷移基隆，才感覺到我的步伐老比別人快了些。進入軍校，參與雙十閱兵，更是分分秒秒提醒自己「慢些、慢些」，不然可有苦頭吃。我的登山體能耐力是在這樣環境訓練而成的。

登山對我而言，非為超越巔峰或挑戰極限，純粹是喜歡山。第一次登山在高中，內心突有一股莫名的情緒不知何以紓解，便隨意遊走，潛意識地想躲開人群，信步往高處攀爬，走了幾個小時，驚覺身在山林中，又飢又渴，意圖返家卻遍尋不著來時路，就這樣在山裡亂竄了數小時，倒因為集中注意力搜尋歸途，自然忘卻感情受挫的哀傷，不經意發現登山是療治情傷的好方法。日後，只要心緒苦悶就往山裡跑，上了山就能達到身、心、靈舒暢。攀登過程歷經千辛萬苦，甚而不見天日，終究來到山頂，視線豁然開朗，將氣喘吁吁的自己交付美景中，漸漸氣定神閒，達到山人合一，心領神會，不可言喻。

大都一人獨自登山，因為鮮少循傳統路線攻頂，而是隨意在山間游轉攀爬，盡可能摸透該座山的地形與樣貌，亦可攝得不與人同的景致，攻頂常是一、二個星期以後的事。大部份山友少有時間能與我耗於山中，最常陪我的應屬台東董大哥，他視山為密友，對山的認知讓我折服，只是他的時間極限也僅三星期，他戲稱：「爬山期間，戶口名簿是掛在家門外，過程雖然非常愉快，但時間過長恐被除籍。」近幾年，他樂於家中含飴弄孫，山，離他已相當遙遠。我，則千禧年自軍中退役，山上時間更是任我揮霍，除非無糧，何須返回紅塵俗世？

夏勒（George B. Schaller）著作《沉默之石》（*Stones of Silence*）中寫著，在世界最高的屋脊上行走，需要的不單是體力而已。他說：「走在這個地球上最荒涼的地方，旅程中充滿艱苦與沮喪，但是這些山讓我上了癮，除了進行科學研究外，它更像是一趟心靈的奧德賽（Odyssey）」。於我心有戚戚焉。

起點

楔子

二〇〇九年五月從珠峰頂著暴跳如雷的風雪回到台灣，心裡就開始盤算，下一次八千公尺以上的登山計畫要如何完成。

首先，如何籌得足夠的款項？攀爬珠峰已經透支預算，還欠了銀行三十萬元，想到這兒心就涼了半截。只得想積沙成塔，回到嘉義，舉辦第一場攝影展，也開始接受各社團學校機關的邀約，分享攀爬珠峰經驗及論述台灣山岳現況、漫談書法、生活攝影等。但杯水車薪，對下一次攀爬的款項仍無大着益。二〇一〇年四月，第一本處女作《喚山》出版，似乎開

二〇〇九年五月帶著媽祖聖像登上珠峰。

始有了起色，但距離目標仍遙遠得讓人憂心。

台北的七茂金屬公司張恩宗董事長多次邀約北上，但青仔上班不好請假，一延再延，終於敲定七月某日，在天母德行東路上的銀座日本料理店相聚。記得那天，天氣非常地好，傍晚微風徐徐，領著青仔踏出捷運出口走向德行東路，青仔自身是個大路癡又不相信我的認路能力，頻頻詢問：「你怎麼知道往這兒走？」「你確定是這裡轉彎嗎？」我不答一語僅加快腳步，青仔不得不小跑步跟上。這條路我是熟悉的，我曾經走到這條路的路底去拜訪黨國元老陳立夫先生，當時我在中正紀念堂懷恩畫廊舉辦畫展，先生贈我墨寶。明亮的街燈沒有掩去黑藍天幕穹蒼上明滅的星星，銀座就在眼前，青仔也發現了，默不作聲隨我步伐前進。

入銀座，張董事長介紹我與老闆認識，彼此寒暄一番，隨張先生入座於料理台前。閒聊中，老闆無規律性地伸出手臂來到眼前的小碟子，置入不知名的精緻食物，納入嘴中，入口即化。起初還試圖仔細端詳研究每盤菜色，但很多菜色在鄉下嘉義見所未見，我與青仔自認為在嘉義吃遍當地時下著名料理：垂陽路上玉山銀行旁的雞肉飯、民國路的劉家湯圓、創意料理留園、水鳥、山門、北歐工坊、津和野及許多不知名的小吃，但現今在銀座卻無以言詮只能開懷大吃。小巧精緻的日本料理，似有若無，但一盤接著一盤，菜量就很可觀。約一小時左右，鄰座客人先行結帳離去，青仔突然變了臉色，幾次暗示下我才隨她來到二樓盥洗室，她幾近崩潰地告訴我，鄰座四個人花了一萬多元，她瞥眼偷瞄，數到第十張千元鈔就慌張得忘了數下去，她一直注意鄰座菜餚，與我們相差無幾。頃時，我倆傻愣在廁所門口，忽然頓悟，怪不得那麼好吃，食材在平淡無奇中見真章。下樓再入座，我與青仔異口同聲：「好飽、好飽！別再上菜了！」雖不知帳單已達何種數字，期望能止在二字頭內。在老闆及主人力勸下又進了三小盤，才真的停箸。

飯後，董事長給了我一份紅包：「我愛登山、戶外生活，所以我們公司員工旅遊也都是上山、下海之類的活動，不過我的年紀已經不適合登山活動了，小石你就幫我們完成夢想。」這是我登世界第八高峰馬納斯鹿峰的第一筆贊助款，接著桃園青山野營社出錢訂製紀念衫並廣為宣傳販賣，期望籌些款項助我，部分社友也直接給我贊助款，嘉義山之峰登山之家郭志行先生則訂製多項商品：年曆、頭巾、紀念衫販賣，也是為了助我一臂之力。

去年底，有位耄耋之年的退休醫師彭先生，風塵僕僕轉換多趟公車來到家門口，給了一包十二萬元的紅包，預祝馬納斯鹿登頂順利成功。我倆素昧平生，他為了尋我花了好些功夫，又獻上如此鉅款，讓我感動不已。不過，與他閒談時，先生提出一條但書，他在醫院看盡生、老、病、死，不想如此終生，因此與我商討，待我完成夢想後，帶他到八千公尺的山上，能抵達多高就到多高，然後搭帳篷讓他住下來，他想自行在喜馬拉雅山上闔眼。我想，這可不是我能決定的事，他家人的看法呢？於是，再三與之討論，最後，兩人達成協議，如他的家人同意，我可以陪他到西藏最高的絨布寺，在那兒他可安享天年。彭醫師今年八十八歲了，去年他以八十七歲高齡登上玉山，雖未查證，但我猜他應是玉山登頂最高齡記錄保持者。彭醫師說他的家人皆在國外，他不習慣那邊的生活，於是獨居在醫院宿舍，他將所有房子都捐給慈善單位了，自己孑然一身，樂得輕鬆。後來我送他回宿舍，發現宿舍裡除了書，其它一切都簡簡單單，但他的人生可不簡單，有為者亦若是。

二〇一〇年秋天，看看攀爬的經費尚差一大截，還是決定回到我出生的地方——馬祖，尋求奧援。先向縣長楊綏生投石問路，縣長自掏腰包，贊助了拾萬元，於是開始鴻運當頭，觀光局、酒廠也與我接洽給予贊助款，讓我以代言人身分，登山沿途廣告行銷，經費幾乎逼近可成行狀態，我眉頭稍鬆，離開馬祖前夕與同學們聚會，會長林淑珠振臂一呼，半脅逼半說情地讓同學們「認捐」十四萬元，終而促成了馬納斯鹿遠征。

為了籌募經費，須到各地演講、辦新書簽名會，因而有近一年的時間，沒有真正放手訓練，充其量只在自家附近田疇悠遊快走，九月始展開耐力訓練，去了一趟大、小鬼湖。因八八水災，茂林、多納災情嚴重，多納林道年餘都無法修復，只得思量從佳暮進入。青仔先載我至鳳山交付山友，山友鍾文華當日還當值，他依舊講義氣地說：「李大哥，等我一下，五點下班就可以載你上山。」到了中興林道亦柔腸寸斷、多處崩塌，只好以徒步方式進入。鍾文華車燈漸行漸遠，我踽行於夜空中，試圖前進些再紮營。林道深處，美麗的「綠色海洋山莊」也因水災整個山林移動，造成山莊建築物變形，莊主多年經營毀於一旦，我特地在空無一人的山莊庭園借宿一宵。夜裡，寂靜無聲，明河在天，群星閃爍，念天地悠悠，讓人熱淚盈眶，「霧台」螢螢燈火，故友巴功海先生是否安然。

清晨醒來，層層山巒排闥而來，好一個綠色依稀浮動的海洋迎面撲來。三天後走上麻留賀山、大母母山、巴拉巴拉山，見大母母山削掉一半，八八水災對南部山林造成的傷害，不言而喻。三千多公厘雨量，應是歐洲國家二、三年總量的雨，在台灣三天內全下完，我想，再好的基礎建設都敵不過這樣的沉重力量。

幾日來在此留連攝影，好些年未進此山區，大鬼湖、遙拜山、拜燦山、大浦山、小鬼湖景色依舊，只是路況變化太大。

經過半年多的上山、下山，體重明顯下降。接著整理裝備，尼泊爾是個很窮困的國家，前年登珠峰時，雪巴挑夫明說暗示希望能給些禦寒衣物，下山時正值風雪肆虐，狂風怒吼、積雪盈身，見他們僅著單薄衣服，緊縮脖子穿梭於風雪中，因而離開加德滿都時，將大部分禦寒衣物及冰攀設備都留下來了。

出發前幾日，回到故鄉馬祖，縣長、潘建國學長還有許多的同學陪我到各媽祖廟宇祈福。南竿有三座超過百年的媽祖廟：鐵板村天后宮的少女媽祖是全國僅存少女面像的媽祖；津沙村的媽祖廟，則是我從小生活、受教育、玩耍都在她的跟前，參拜過程，童年回憶似回到眼前，歷歷在目；最後來到馬祖村的天后宮，上次助我登頂珠峰的金身就供於此。都已經三月了，是杜鵑花盛開的季節，馬祖仍浸沉在春寒裡。三天的行程雖然匆忙，沒忘記二〇〇九年贊助我攀登珠峰的朋友們，必須一一親自拜訪登門道謝，他們都是朋友、同學，默默支持我，為我祈禱、祝福，如何教人忘懷。

馬祖馬納斯鹿遠征隊於蚌哲寺前合影。

壹

冷水煮青蛙

二〇一一年三月廿六日　星期六

早上，與青仔搭高鐵到桃園機場。行李很多，應該是自行開車方便些，但擔心青仔得自行回嘉義，商討之下，決定利用大眾運輸工具。約十一點就抵機場，班機是下午二點卅分，搭乘中國南方航空飛往廣東白雲機場。好多人陸續到機場送行，預祝成功，有馬祖鄉親、馬祖縣政府代表、桃園登山運動協會山友們，還有許多國中同學，大家一一照相留念還呼喊口號。

出境桃園機場，發現比二〇〇九年出國時進步許多，明亮、乾淨、美麗，免稅商店林立，可慢慢打發時間，僅進出機場道路顯得凌亂些，也許是多處正在改建施工的關係。下午五時到達白雲機場，機場硬體設施建設得不錯，但總覺得欠缺了甚麼，後來發現免稅商店內擺設大都缺乏美感，像擺地攤一般，服務人員個個美麗、身材又好，可惜缺少一份熱情，整個機場彷彿睡著了，就像今天的天氣，灰濛濛的，飛機爬升了好久，就是無法穿透雲層。

夜裡七時，飛離白雲機場，依舊是中國南方航空，比台北飛白雲的飛機稍舊些，但比起往年搭乘尼泊爾航空的飛機好太多了，記憶中，尼泊爾航空飛機老舊，椅背斷線破敝，連空姐都是上了年紀，雖試圖抹上厚厚胭脂，仍遮不住逝去年華。

台北時間午夜十二時三十分，尼泊爾時間是十時十五分，我又來到加德滿都特立不凡機場。普曼請了一部老到不能再老的小巴來接我們。小巴一直發不動，但年輕的駕駛一點也不緊張，車旁幾位古惑仔模樣的年輕人，提行李開口要小費，我們都不理他，普曼只得自掏腰包給了二十盧比。

涼涼的空氣，離開機場時，整個城市漆黑一片，沒有電燈，只有機場大廳顯露一些微弱燈光，大廳外擠滿了人，比上、下飛機的旅客還要多，都是想來提行李賺小費，搶行李、喧囂的，我提醒蔚要看好自己的行李。總覺得加德滿都越來越亂，我與克明及蔚剛剛出關去領行李時，發現行李都不見了，原來有兩個年輕的服務人員自動把我們的行李集中了，跟他要行李，還須給三元美金才「贖」得回。

三月廿七日　星期日

大概是時差沒有調整過來，輾轉難眠，時睡時醒。清晨六點，我與蔚就出門走了一個多小時，巷道上，行人稀稀疏疏，天空依舊是灰灰濛濛，走進一個不知名的小市集，在阿山街附近。蔚初來加德滿都，手提相機拍得不亦樂乎。

蔚，白淨斯文，頭額微禿，像老毛的髮型，身材中等，從事雜誌攝影、撰文。在美國住了幾年，英文流暢，生活拘謹，追求藝術有一份執著。回國後，從事電子業務八年多，一直無法忘情攝影工作。在台灣從事藝術文創，本就得縮衣節食，在政治家眼裡，台灣是一個充滿文化藝術、富而好禮的社會，我看來總覺得缺少了什麼。

陽光一直都沒有露臉，我沿途拍照，走回我們的沙堤（Shakti）旅店。來尼泊爾四趟，三趟住沙堤。中餐，我們去旅店附近的「中華大飯店」用餐，名為大飯店其實只是一間老舊的中國小餐廳。設於二樓，黑暗陳舊，唯一讓人一亮是桌巾，圖案雅緻，布料質佳；關於菜色，說得上是可以下得了飯。俗話說得好，「甘香來自淡之味，御廚官府味不如」。

飯後又回到安利特瑪格（Amrit Marg）街上，附近有一家賣果汁的小店鋪，我們不疑有他，點了三杯石榴汁，它是目前加德滿都最能吸引我們的果汁之一。年紀不滿二十的小伙子遞上三大杯石榴汁，香馥微甜的味道，竟開價一千二百盧比，折合台幣六百元。三年前一杯石榴汁只不過八十盧比，去年，也是這家水果店，一杯是一百六十盧比，我們都已經哇叫了，現竟需四百盧比，它可不僅是翻一番而已。克明首先發難，直指小伙子敲竹槓，在現場的當地顧客大都在旁瞧熱鬧，只有一位顧客輕聲告訴店家「你這樣漫天喊價太不應該」，但小伙子不為所動，振振有詞。大約僵持了二分鐘，店家減了一百五十盧比，但仍超乎我們的想像之外。結果克明付了五百盧比就走人，圍觀路人也無趣散去，但我們身後，仍聽到店家大聲叫囂。回到沙堤，心想，這些日子我們總得在這條街上出入，強龍不壓地頭蛇，克明決定請普曼出面。一直等到下午，好不容易盼到普曼找我們談行程。二話不說，先告訴他我們遇到的難題，擁著他去找店家理論。這時小伙子老爸也來了，店家生意正熱鬧，普曼開始對店家曉以大義，歷經了十多分鐘，店家仍不為所動，最後，普曼使出撒手鐧，告訴他要找觀光警察來店裡，這下，店家總算低頭，想必此時生意特別好，其他顧客知道他們的行為對生意應該有影響，最後，每杯以二百盧比解決，克明補給小伙子一百盧比，但我們覺得以當地物價而言，還是太貴了。

回到旅店餐廳，普曼要跟我們重新訂定契約內容。因為絕峰攀登，冰天雪地，有太多的未定數，因而首先談到的就是保險。直昇機保險金以小時計算，一小時為一千八百元美金。若有需要，進入基地營前就須提出申請，以小時計算。算算我們沒這個經濟能力，不得不作罷。第二就是意外險，普曼發現我們對意外險無動於衷，搖頭表示無可奈何，他怎不屈指算算，我們是沒能力保的。

普曼的第十五峰登山公司才成立二年，但成員辦理海外登山經驗卻非常豐富，像二〇〇九年我攀爬珠峰就是靠十五峰登山公司協助。

我們希望普曼能架設衛星通訊，傳輸費用是每ＭＢ五美元，訊號如何他們也沒把握，但我須先繳交七百美金，他們才有意願架設衛星連絡網，為了能與贊助單位連江縣政府連絡，忍痛答應普曼的要求。

普曼特別提出，在攀爬過程有任何問題，須回到基地營再行討論，而討論期間如遇到任何不能或不容易解決的問題，最後裁量權在普曼，我們不得提出異議。

其實在計畫攀爬馬納斯鹿近二年期間，已與普曼來回信件討論無數次，就像克明說的，這份登山契約書是我們的賣身契，六萬多元美金全都先付清，而當災難發生時的其他費用，則全得自行想辦法，他們還好心地告訴我們，在此的所有醫療都會開收據，好讓我們回台灣後可申請醫療補助，似乎我們還須感謝他幫我們設想得很周到，這真的很像冷水煮青蛙，不知不覺中，漸漸魂飛魄散。

晚餐，普曼大方請吃飯，還去有民俗表演的餐廳，有萬善節神女出遊的節目、有高地民族舞蹈表演、有蒙古大夫喜劇演出。食物主餐就是「塔巴」，又稱「塔麗」，就是很多盤子，簡單說就是很豐盛的意思。主食是米飯，暹邏米，台灣稱香米或長粳米，飯粒粒分明，再佐以各類食物，皆分開烹煮，如四季豆、花椰菜，幾乎都加上一些不知名的香料然後乾炒，主菜是雞或牛。今晚我們的主菜是雞，有兩種作法：一種是乾煎，有點像台灣的三杯雞，另一種是加大量的咖哩及馬鈴薯，煮成糊狀，最後是菠菜加水煮，軟軟的但顏色仍鮮綠，跟我平常吃的菠菜味道完全不同。另一道是各類豆子合煮成稠湯，主要以黑豆為主，想必蛋白質成分很高，登山的雪巴人[1]也大都是吃塔巴配豆湯，只是他們的塔巴內容簡易，僅有米飯再加一道咖哩肉類就是他們一餐，上山下海充滿了活力，可見豆類營養成分很高。同樣是豆類做成粉狀的糌粑，在高山上卻難以吞嚥，我猜是因為缺水的關係。賓主盡歡，普曼的太太及二個兒子也都參加晚宴。最後，我們一行六、七人，安步當車走回沙堤旅店，也不過耗了三十分鐘。

普曼享用塔巴

三月廿八日　星期一

在家裡養成的習慣，五點左右就會醒過來。六時與蔚約好從安利特瑪格街右轉再往左直行，就是塔美街（Thamei Marg），一路南行，大清晨，路邊幾位小孩正做著清垃圾工作，約莫十歲上下，蔚以他們為主體取景，拍得不亦樂乎。走了半小時來到四通的一個巷子口，左邊上有一座性廟，三座小型建築物供著三具陽具，主建築上的支柱雕滿了陽具拖地的菩薩。可能位於巷口，男男女女、老老少少均來祭拜，點香油，拉小銅鈴，撒米粒。婦人祈求子孫幸福、多子多孫，少婦祈求早生貴子，飲食男女各求所需。與蔚在巷子口徘徊拍照，時餘，打道回府，各有所得。

午餐，普曼協助我們找到一家尼泊爾菜色的餐廳，小明點了另一種特別的塔巴（Salad Chatnl & Curd），內容有很多選擇，主要是薄麵餅，用

1 雪巴人，散居在喜瑪拉雅山脈兩側的民族，相傳先祖來自中國甘孜地區，人口約十五萬。說雪巴語，使用藏族文字，信仰藏傳佛教。由於常年生活在高山地帶，是天生的登山嚮導，為各國登山隊提供嚮導和後勤服務為他們的主要收入來源。

火烤的，再佐以生洋蔥，一小片月瓜及檸檬片，小魚乾炒小蝦加不知名香料，咖哩馬鈴薯、香烤雞肉、豆湯——用各種豆類煮成湯。吃前用右手沾豆湯，再抓飯吃才不致於黏手。

我與蔚點了「嗆」（Yappr Ko Dhendo），「嗆」可葷食可素食。其製作方式：用麥磨成粉，鍋裡放水然後加粗麥粉，不停地攪拌，讓它攪成一團如麵團般，咖啡色；葷的沾料有咖哩加香料和豆子，豆湯、酸醬、生洋蔥、滷帶骨豬肉一小碟、辣小魚乾炒小蝦、芥蘭、優酪、蕃茄一片，以一個大銅盤盛裝，再以薯條、檸檬片裝飾。素的「嗆」，主要是豆湯及炒芥蘭菜，不知名紅色醬，一小碟優酪，用圓形大銅盤裝，「嗆」放置中間，小菜圍在四周，似眾星拱月，再點綴檸檬、月瓜、馬鈴薯、薯條。

這家大眾化的餐廳，位於安利特瑪格街上，設在二樓。結帳時，發現我們四人的花費，不及一千盧比，但我們當天在北園餐廳的晚餐三人花掉二千二百多盧比。看菜單的價格，我們三人總計是一千二百多元，加一成小費變一千六百元，再加百分之十營業稅，又再加一個不知名的稅要百分之十三，最後要付的是二千二百多盧比，食物也不過爾爾，令人生氣。這家北園餐廳在詩模街上。

加德滿都市集

往年來尼泊爾，我也曾經住在塔美街上，有一回想買地圖，逛了數家，每張地圖都一百盧比左右，買不下去，結果無意間逛進喜馬拉雅地圖專賣店The Map Shop Thamcl，老闆熱忱介紹，主要是價格幾乎是這條街最便宜的。隔年，我與克明也同樣得到熱忱服務，記得那時官方是一美金換七十一盧比，飯店是一美金換六十九盧比，結果我們用美元買地圖，店家仍以官價找零，就是店家主動以對我們最有利的價格換匯，今天我們既然來到譚美區的詩模街，我與克明決定再去西馬拉雅地圖店懷舊一番。店的擺設形式都依樣如舊，但原先老闆不在，看到一位年輕小伙子，容貌像極了原先的店老闆，僅顧著玩手機上的電玩，對顧客正眼也不看一眼，我們逛了一圈，悵然若失地離開。

下午二時三十分，普曼雇車載我們去尼泊爾國家觀光局，因為今年我們併捷克斯拉夫及法國的隊

尼泊爾傳統飲食「嗆」。

伍一起申請登山，捷克領隊「轟炸」（捷克語意「約翰」）與我們同去觀光局領證。轟炸年輕，清瘦高䠷，著短褲，平易近人，相見甚歡。人雖清瘦，手掌卻結實修長，我們假意比腕力，發現轟炸是攀岩高手，因為他手掌結實有力，手指修長硬實，相信真正用力比腕力時，我一定輸他。

時餘，與官員會談，並問及我為何帶媽祖上山。他們也非常敬神敬天，並以尼泊爾敬神的方式敬媽祖，即以右手指點胸、點額頭。接著我們拿到今年的入山許可證，官員並獻給我們一人一條哈達，以示祝福。歡樂中我們離開觀光局，途中，落了一場小雨，行人彷彿無動於衷，灰濛的街道，因雨更顯得暗淡無光。

街上的觀光客仍以歐美人士居多，偶爾也會遇見幾個大陸及台灣來的觀光客或健行的隊伍，克明就遇上他很熟的高雄登山隊伍。

三月廿九日　星期二

加德滿都再度以其多元的面貌迎接我們，嘈雜的聲音，在路上隨時會被猛然的喇叭聲驚得頭皮發麻，但也有很多色彩讓人眼睛一亮。這些美麗的色彩帶給我許多愉悅的回憶。

所有的許可證都委託普曼辦理，昨天也跟觀光局官員碰過面，並接受他們的祝福。我們預定四月八日左右走到基地營，很興奮也很有壓力，願能登頂，往迷人的喜馬拉雅之路能更進一步，然後再次曬黑、皮包骨、重生，人生獨特的冒險就要開始了。

昨夜凌晨下了一場大雨，整夜淅淅瀝瀝之聲不絕於耳，從小喜歡聽雨聲，小時候房子蓋在沙灘上，雨聲是矇矇的，但瓦上的雨聲則清脆悅耳，就像在尼泊爾聽到的雨聲，時急時緩。天剛亮時又下了場急雨，還以為今天天氣遭透了，也讓我想起兩年前，也是這時候來尼泊爾，印象中，天氣熱得只穿短褲、短袖衣，氣溫約三十度。今年，這幾天克明測得溫度是上午十六到十八度之間，今年尼泊爾天氣有些反常，就好像看尼泊爾國家的情形，基礎建築付之闕如，多年來不但沒有進步且顯得更凌亂，物價卻翻了二倍多。以石榴汁為例，昨天刻意又去找另一家果汁店問價錢，一杯還是兩百至兩百五之間，比二〇〇七年的八十盧比，整整貴了兩倍多；二〇〇七年到二〇〇八年，加德滿都的停電約二天一次，今年卻幾乎天天停電，無時無刻不在停電，好像不停電變成天外飛來的奇蹟。

凌晨三點多醒來，睡意全無，只得閱讀，回想昨天一天的行程，並做好記錄。近五時又迷矇睡去，隱隱約約伴著時斷時續的雨聲，沉沉睡去，醒來時天已大亮。坐在沙堤的餐廳，望望窗外飄浮的雲，邊上嵌著一層鵝黃，想不到天氣出奇的好，飯店外的樹林綠油油，爬壁植物也鮮綠欲滴。

無意間望見旅店庭院裡停了一輛破舊的轎車，老舊到讓我不禁懷疑它還能順利發動嗎。頃刻，普曼就出現我們面前，正如我的預感，那輛破舊轎車就是今天我們的交通工具，要去博拿寺院邊的山神廟。往機場的方向開，然後右轉上山，有一段時間駕駛與普曼都迷失了方向，捷徑太多，誤闖幾條錯誤小徑，最後在一條紊亂的路邊停下車。折進圍牆邊的門，豁然發現一塊不一樣景致的地方，裡頭藏著一座喇嘛廟。院裡零落排了一些座椅，左方就是 Sarkhar 山神廟。普曼領著我們一行人進入廟的二樓，乍入暗廊，眼睛調適不過來，藉著微光進入大廳，右側端坐一位莊嚴的喇嘛。我們坐在下方鋪毛毯的長箱椅上，童稚未泯的小喇嘛端上酥油茶，熱茶在眼前不停冒著白煙，小明前方小瓷杯倒入幾乎要溢出的酥油茶，讓小明因為燙手而無法啜飲，幾度伸手又縮回來。小明在凝望大廳擺設時，我已經喝完了酥油茶。排在我們前方的雪巴人接受祝福後靜靜離去，我依照前年給太陽喇嘛祝福的方式，長跪在莊嚴的喇嘛前，遞上一千元盧比，低著頭，普曼在我右、克明在左，蔚在克明側邊，普曼協助拍照。撒米粒、拂手旗，鼓鼓的嘴發出共鳴沉厚的喉音，迴盪在大廳裡，一顆浮動的心得到了片刻的安寧，最後，魚貫而行游出大廳、長廊。在長廊盡頭游進一位金髮少女，繫著簡便小辮子，我們擦身游出長廊來到庭園的大樹旁，看著灑滿一地的金色陽光，靜默在庭園一張張的座椅上。澄澈的天空彷彿是倒影，印著幽幽淡淡的白雲，悠然而過，庭園微風不動。

普曼催促我們離去。跨出街道，見門旁坐著母親及稚子，兩頰消瘦無肉的面容、漆黑明亮深沉的眼睛望著我，滿頭凌亂結成一毬毬的頭髮，衣袖已被灰土沾得分不出原來的顏色，盡成鐵灰色。我已走近車門又回望那童稚清澈的面容，轉身走回小孩面前，放下一些大小額盧比，悵然離去。

我與蔚想照相，克明橫豎只得相陪，普曼中途下車去採購我們登山要吃的食物。我們驅車去 Boudha 佛塔，二〇〇七年與單教授、露露第一次到佛塔旁，不知如何入手拍照，今天帶著大小相機舊地重遊，仍然沒有拍出好作品，只好作罷，先去 Hattiban。

車子在市區游轉了一段時間，加德滿都的道路沒有中間分隔線，而且

加德滿都一隅。

加德滿都男人坐著等天上掉下來的工作機會。

他們是英式做法，車子左行又加上沒有分隔線，每每看著車子忽左忽右，如坐雲霄飛車。漸漸離開市區，加德滿都的範圍很廣，地形崎嶇，像特立不凡機場地形高度是一三一〇公尺，我住的沙堤旅店是一二九四公尺，周邊皆起伏丘陵，今天我們是開往加德滿都南邊。

進入丘陵前經過特立不凡大學，大學佔地遼闊，建築均簡單，接著又經過一所迷你學校，全校佔地不到一頃，但學生活潑，充滿了青春氣息。**Hattiban** 到處充斥著喇嘛與印度教的廟宇，最後我們到達 **Shesh Nayayan** 的印度廟。

印度廟的特色是在主廟入口的道路兩旁，都擺有將近一公里的攤位。最先入眼的是賣給進香客的雞與羊，接著必定是賣鮮花、花環的攤位，然後才是各式各樣雜物及食品。進入主廟口，男女老幼擠成一團，手上捧著鮮花、花環，花環幾乎都是黃色、金黃、橘色為大宗。廟口婦孺爭先恐後點燃酥油，祭員協助讓雞、羊見血。所謂見血就是祭事員拿出尖銳的法器在羊的頭上敲個洞，讓鮮血噴灑在女神的身上，這濕婆神黑暗之神，嗜血如命。印度教的黑暗女神濕婆神充滿血腥，光明的濕婆神則鮮花、鮮果、素餅供俸。彷彿訴說這世界一直都存在光明與幽暗，要生活即要逆來順受，總有否極泰來的時候。教徒們把祭完的牲物交給廟前另一批工作人員，將祭品處理乾淨，例如雞會先燙過除毛，再讓教友帶回去享用。

接著我們去了一座喇嘛廟，蓋的像個小型城堡，因為不是早課或午課時間，整座廟都靜悄悄的。心想，坐車上能拍到什麼作品？於是告訴克明我想徒步，一路拍回加德滿都。這一路上我一直觀察地形、認路，發現一路來都沒有其餘岔路，因而告訴克明，你們繼續往加德滿都方向開就會遇到我，於是我下車往加德滿都方向前進。

在丘陵上看加德滿都有一種如夢如幻的感覺，一堆如紙盒般的房子集在一起、散落一地，彷彿是老天隨手灑落的建物，沒有一點章法。遠方的霧靄漠漠，陽光只照亮座落丘陵與平原的房屋，遠觀美麗極了。各處的山巒丘陵也有零星的建築，路邊剛結穗的小麥如波浪隨風搖曳。

一小時、二小時，我一路往加德滿都去，我離開印度教廟宇已有六、七公里，克明卻在一、二公里處不斷的來回尋我蹤跡，駕駛阿比驚恐地以為我失蹤了，打電話給普曼，給他朋友，普曼想回印度廟宇來找我，克明告訴他不用過來，最後是阿比的朋友在路上撞見我在攝影，叫我待在原地不要再往前，方結束一場失蹤記。

夜裡普曼請吃飯，這是兩天前說定的，我也曾告訴他，盼能弄些素食給我，克明與蔚說他們吃塔巴是可以的。關於我吃素的歷史源遠流長，在谷關化學兵群任職政戰官期間開始吃素，這也是母親過世前給我的叮嚀。在軍中吃素是容易的，拜託伙食兵準備一份素食即可。但三年後，職場轉至陸軍高中，吃素變成很困擾，學校人數多，廚房沒有多餘時間另外準備素食，看了一段時間伙食兵的臉色，就不再堅決吃素了。女兒也許髮質受我影響，有些少年白，正值大二青春愛作夢的年紀，難免注重外表美麗，每見她染髮，我就擔心她身體受染劑傷害，不免說她幾句。她陪著她母親茹素多年，也常希望我亦進入吃素行列。有天到學校探望她，見她染髮又燙髮，忍不住又嘮叨：「玲！你可不可以不要再染頭髮？」「如果我不染頭髮，那你要改吃素。」「好。」我輕快的回答。兩個月後再見她，一頭長髮飄逸，雖綴些許白色，我覺得女兒既健康又美麗，心裡快活極了，於是我又開始吃素，也要求普曼在登山過程中能提供素食。

普曼的妻子與妹妹聯手下廚，普曼直說對不起，或許是準備不來素食。第一道是饝饝，很像台灣的小籠包，皮Q、肉嫩（牛肉），蔬菜有二道，其一是菠菜，我吃了很多。

祈福去災的印度教儀式。

丘陵上俯瞰加德滿都谷地。

貳

花青與赭石

三月三十日　星期三

或許是因為今天要出發，凌晨二時就毫無睡意，盯著天花板也不是辦法，乾脆起床整理裝備、寫寫日記，五點多又不知不覺中睡著了，六點左右，蔚想下樓吃早餐也喚醒我，近七時，我們還在進用早餐，普曼已把我們的行李裝上車。

驅車而行，半途中又轉換大巴士，一週前，庫克（廚師兼雜役、挑夫）隊伍已先行出發，馬納斯鹿遠征隊今天開始全都出發了，滿巴士的裝備、食物及工作人員共二十一人。巴士漸漸轉向西北方向，目標阿魯卡特，預定下午三時抵達。我們沿著加德滿都環狀公路Ring Road往西北，結果在Ring Road的西段遇到警察臨時檢查哨，要求駕照許可證後又要求其它證件，警察不斷找駕駛麻煩，最後，駕駛拿出五十盧比交給警察，才讓車子繼續前進。開不到二十分鐘，遇到另一組警察，駕駛倖倖然又交出五十盧比，心想總算衝出封鎖線，在Kalaki的十字路口又遇上警察，這回司機鐵了心，不給錢，結果司機的所有證件都被警察帶走，大夥也不知如何是好，但看看對面車道上與我們一般的巴士，全車人都被趕下車一一檢查，我們似乎幸運多了，僵持十來分鐘，助手下車交出五十盧比拿回所有證件再行。普曼說這一路上，檢查可多了，最好心裡有個腹案，蔚、克明滿不在意，可真是閱歷知書味，艱難識世情。

一路上山頂繞溪谷，滿山滿谷的梯田，還好尼泊爾的雨量不大，不然一定會造成大土石流。數小時都在如黃土高原般的地形中游轉，房舍大都是用黃土建成，屋頂有茅草及黑石板兩種，黑石板都切割成蛇的鱗片一般，一層疊上一層，與聖母峰昆布地區的建築完全不同，昆布地區都是藏式建築，窗櫺都用青色與白色畫邊。

中午，我們在一個丘陵上的平台地方Jyamire午餐，店主平易近人，總算吃到素的塔巴，克明與蔚吃有雞肉的塔巴。午餐期間，有兩名錫克教青年人想搭便車去阿魯卡特，因為我們不認識他們，怕車上的東西遺失而沒有答應。克明說錫克教徒的特徵很多，第一個特徵是錫克教終生不剪頭髮，把頭髮藏在頭上用布包起來，隨著時代的潮流，他們會把頭髮剪短做個小布包頭。其次，錫克教取名字，前頭父名接本名後，再接Sinnger。他們有七個戒律，男子一定都有配刀，以前是長刀，後來改為短刀，因為時代的不同，現在有些錫克教徒不再配刀，只是在胸前掛著有刀的飾物，就算配刀。

下午三時三十分，我們抵達阿魯卡特，住進唯一像樣的旅店，就是阿魯卡特竹屋雅築，有熱水、有大床，就可以讓我高興好幾天。雖然天空仍是灰濛濛的，陽光照亮雲層，讓灰雲塗上了金線，緩緩湧動，谷地裡偶而湧上一陣風，時緩時急。這兒有一條古老的小街，一時興起，與克明逛街起來，我買了山苦瓜及野生小蘋果。晚餐店有準備素食，其中就有一道乾炒山苦瓜，還真苦得好回甘。從加德滿都車子一路奔馳而來，車子翻過無數的丘陵，黃土在車後滾滾飛揚，最後三小時很像是台灣廢棄的林道。跨過河流，河水和緩寧靜，農民扛著犁耙，牽著牛，在旱田上吃力地犁著，犁起的是黃土，一塊一塊，不曉得這樣的田能種些什麼。

晚餐後，主人端一小碟香料及牙籤，香料本地語「說府」，小小一粒粒像帶殼的發育不良小麥，但吃起來味道像八角，剛入口讓人齒頰生香，嚼起來不但八角香四處飄散，還有細絲的纖維可以不斷地咀嚼。另有一些敲碎的樹果核，淡淡的形容不出其味，應該說是有些木頭的味道，剛硬粗糙，原來是給我們磨牙的，服務真周到。

三月三十一日　星期四

清晨醒來往窗外望去，山腳下雲霧繚繞，逐漸飄升，迷迷濛濛，以為今天是個壞天氣，結果穿過阿魯卡特的古街，越過了菩提河（Budhi Gandaki），雲霧逐漸消逝。我們順著蘇堤可拉的方向，越過古街的鐵線吊橋後踏上土路小徑，沿著村尾的土路一步一步走上山去。土路緩緩上升，漸走漸高，人聲人影漸寂，陽光灑進林間，滿地樹影搖曳。將走過另個山嶺，回望來時路，灰灰黃土的景象，山林不知何時已經漸漸換成青翠

菩提河兩岸來回遊走。

的山谷、山和湧動的樹林。在菩提河邊，搖擺的林間點綴數間房舍，那一簇簇的黑石板瓦與黃土牆斑斑剝剝，充盈著古意，啊！這兒真是個好地方。騾沒有負重，徐徐遊於路上，這樣的一個好天氣，獨立在曠野的小徑上，能仔細賞玩眼前美景，是一種快樂幸福的心靈之旅。

午前，來到江母林（Jummune）借用旅店的廚房，我們的庫克準備做一頓豐盛的午餐，望著悠悠菩提河，隆隆的水聲由河上傳來。時餘，上桌有印度烙餅麥香生津，花椰菜清淡可口，一份千島醬沙拉，內有蕃茄、高麗菜，蕃茄切塊，高麗菜切絲，在山區能吃到這樣的食物，讓人高興莫名。

午後一時三十分，繼續走向蘇堤可拉。在風口已經望見蘇堤可拉，心裡正羨慕住在此處的人，築屋於山谷幽深之處，而背後就吹來一陣飽含水氣的涼風，山谷飄忽的幻化，在河上的遙遠山影，皚皚白雲忽隱忽現，頭頂飄來一團烏雲，雨絲點點滴滴開始飄落，挑夫們加緊腳步，我們也警覺到雨勢越來越急，一陣一陣急走。

雨停了，一陣微風飽含著淡淡清香，我們已經走到蘇堤可拉。一排四、五間房舍錯落在路旁，房舍的下一層種滿了桃樹，未熟的桃子，果實累累掛在樹上，原來淡淡的清香是滿林的桃子。小女孩在坡上放羊，隆隆的河流依稀入耳。

走進旅店的長廊，地上都是壓實的黃土，每家都養群雞，自由進出家門，咯咯地滿屋子覓食。我們住在二樓，發現二樓長廊有兩個麥桿編織品，母雞窩在其上，想必是生蛋的母雞，屬家裡重要成員。

克明一休息就不斷地判讀地圖，昨晚他就已經算出，從阿魯卡特至蘇堤可拉約十五公里，因為他買的地圖是十二萬五千分之一比例圖，在地圖用尺量約十二公分，地形緩上，就知道今天要走約十五公里。

克明，五短身材，頭禿腹鼓，不曉得是那本書上說：五短身材、頭禿腹鼓是富貴之人，也許財神就是如此模樣。全名陳克明，跟我去爬過羅伯切山、島峰、洛子前峰、阿瑪當布朗。去年一年，他遠征完成南極的文森峰，非洲的吉力馬札羅，大洋洲的大茲登茲峰，歐洲的俄爾布魯峰；而在台灣，他則準備以五年時間，完成五百座中級山。日本的百名山他也完成了十三座。實在令人佩服。小明謙卑，樂於助人，話語幽默風趣，所以每次與小明出門壯遊，覺得是件很愉快的事。

四月一日　星期五

今天是愚人節，凌晨兩點依然會依時醒來看看書、寫寫日記。近四點又會沉沉睡去，驟然雄糾糾的雞鳴會讓人從睡夢中回到現實的世界裡，已經好久沒有聽到雞鳴高亢的聲調，不會讓人覺得刺耳，雞鳴，總覺得帶有一份生活的詩意。店家珊珊然在打掃庭院做家事，是傳統的印度教家庭，牆上貼著祭祀的印度教嗜血女神，形式有點像我們新春貼的灶神、民間年畫一樣，大都是版刻油印。

廣大的土路，過蘇提可拉後五百公尺驟然結束，換上了羊腸小徑，比EBC（Everest Base Camp，聖母峰基地營）困難崎嶇。脫離黃土路後，就開始了石壁小徑的穿梭，往山頂去的小徑由現地的石塊砌成，一層一層地往上延伸，石徑只容一人前行，速度自然慢了下來。途中不時往下張望，有點覺得不踏實，心跳起伏加快，想著不小心滑落是怎的一個情況，愈想忽然緊張了起來。站立一會兒，嶺上倏忽下來浩浩蕩蕩的騾隊，走在前面已脫離小徑的庫克擋住所有的騾隊，讓我們有充裕的時間脫困。昨晚下了一場大雨，山徑泥濘難行，爛泥摻著騾糞，陽光蒸薰撲鼻，令人不禁

騾隊行走於菩提河上的懸崖。

想掩鼻遁逃。

左岸幽微伴合著溪聲，更顯得神祕。太陽總是最後的領域才擴展到左岸。去馬納斯鹿基地營乃一直沿菩提河行，最後菩提河會偏西北方向，現在是正北。蘇提可拉是位於蘇提河與菩提河交滙處。我們早已脫離黃土飛揚的地貌，山林房舍也完全變了樣，最明顯的是，原本是土色的紅土牆、黑石瓦，曾幾時都變成石塊牆及黑石瓦和草頂。山嶺起起伏伏地向上延伸，古色住家縱橫兩岸，遠遠兩山之間的山谷，遙遙望去還可以看出一村的人家，隱隱藏匿在尚未消失的雲霧之中。

在拉普貝山（Lapubesi，八八四公尺），庫克借用民家炊食蘋果、蔬菜。小明說：「大夥都陪小石吃素食了。」平常小明是肉食者。

過卡尼貝西（Khanipesi，九七〇公尺）後，接連出現兩個瀑布，高從極目處左斜石頂，各棵雜木林立，瀑於中途分流，各支錯落往下奔馳，因逆光無從拍攝。又前進三時許，望見瑪茶可拉的地方（八六〇公尺），對岸一線瀑布，傾瀉而下。途中一戶人家，兩耋老持一籃香燭、麵線，小鷄，向山神祭拜，告示家中有人微恙，以小鷄血祭祀。

進入馬茶村，約十來戶人家，遇負重村婦，拍照會索取小費，古風頓失。入村盡是騾糞，村後馬茶河注入菩提河處岸邊，圈圍騾馬五、六十隻，見數隻騾因負重而背部流血，不忍卒睹。村裡僅一家旅店，尚未完成開張，只好借住屋後一層空地搭帳宿營。

四月二日　星期六

馬茶村在馬茶河匯入菩提河的半腰中，一進村口見一位年輕婦人在餵母乳，這種畫面在台灣已少見，其實母乳對小孩健康是非常有幫助的，吃母乳長大的小孩，抵抗力較強，不容易生病，我想，好處一定還不只這些。我好奇拍照，她從容以對，古風猶存，令人發思古幽情。

前天開始普曼就想要大家睡營帳，我是歡喜的。這幾天午後偶而會下起陣雨，因而未搭起帳篷。昨天抵馬茶村，向店家借了一塊空地，庫克及廚房雜役搭起帳篷，當然比住髒亂的旅店好多了。晚餐後與普曼到村裡閒逛，斑斑剝剝的石牆與土牆相間，一家店門從騾背上卸下許多印日本國旗的白米袋，乍問之下得知是日本贈送山區的白米。

一九五三年，日人第一支遠征隊花了三個多月的時間攀爬，沒有成功。當年馬納斯鹿冰河因濕氣濃厚，不斷侵襲的印度季風，使冰河大量滑動，造成蚌哲寺上方湖泊潰堤，因而寺倒牆塌，多人死亡，沙瑪村居民認為是日本遠征隊攀爬靈魂之山，觸怒山神導致。一九五四年，日人再組隊挑戰馬納斯鹿峰，沙瑪村民強烈拒絕任何遠征隊再度進入，日人只得轉而攀登喜馬拉雅山脈的嘉納許（尼人又稱象神山）。後來，日本岳界主動釋

令人動容的哺母乳婦女。

出善意，並號召企業募款協助修建蚌哲寺，購糧捐贈改善山區居民生活，經歷一段時間，居民才漸漸不再對日本遠征隊有敵意。日本隊成功地於一九五六年，順利登上馬納斯鹿，成為世上此峰之首登國家。沒想到今天的日本福島海嘯造成福島核電廠的危機，但他們堅定不移對馬納斯鹿山區的協助，不因國內的災難而停歇，實在令人佩服。

一九七〇年高麗人也想攀爬馬納斯鹿，申請進入山區，當年攀爬不順沒有成功；一九七一年高麗人又組了一個十五人的登山隊伍，五名高麗人、十名雪巴人，攀爬期間暴風雪侵擾，造成大雪崩，十五人全數罹難，是馬納斯鹿登山史上最大的山難。目前世界各國已有二百多人登頂，五十八人罹難。

今早打算在馬茶河邊拍馬祖陳高廣告，想請當地七八位少婦、少女協助，由普曼出面協調，可是村民獅子大開口，因而作罷。古老的山城也受功利主義侵擾，普曼言再往深山去，民風仁厚，問題必能迎刃而解。

今天往佳給特（Jagat），跨過馬茶河，又回到菩提河邊，河流湍急。行到此處，右岸石山高聳，山高谷深、水落石出，河流左探右拐、湍急，水花四濺，轟隆之聲在山谷迴盪，往谷底俯視膽顫心驚，久久不能自已。

跨菩提河面吊橋，第一次走向神祕的左岸。一天都在左岸盤旋，山路如髮，偶遇居民，游走其間，一、二山友點綴山澗。途中經塔邦呢（Tapani），有溫泉，居民二、三家將溫泉導入村口，大夥可自由洗滌。正如普曼言，越入深山民風愈純樸、光明。蔚迫不及待寬衣脫褲在溫泉下快樂洗滌一番，寡人也不例外。民風質樸，見我們嬉樂喧鬧也沒有惱意，在旁依然自在地洗滌自己的衣服，笑聲盈盈，我們粗魯地拿著相機亂拍一通，也不以為忤。我們欣喜爭先與少婦、少女們合照留念，偶見歐美山友路過，對敦厚民風毫不侵擾，讓自己覺得汗顏。

十一時，續往上盤旋而上，愈走愈陡，也愈升愈高。途多巨石，每顆都數百噸以上，亙古不曾移動，石面經年雨淋風颳，處處斑斕，顆顆巨石都有歲月的刻痕。住民巧思在巨石之間，不是搭房舍、就是搭羊舍，繞進巨石陣，若沒有明顯石板路順勢而行，必將迷途，每進一處巨石群，就會童心大起，繞石嬉戲。

正午來到多板，庫克在野地上自行炊煮，挑夫都是自備鍋爐，各自炊煮，一鍋咖哩馬鈴薯及一鍋白飯，他們都吃得開開心心。飯後，見古倫族（Gurung）的牧羊人炯勇，精神抖擻，身上披著自製棉麻衣服，背直臉方，耳上吊掛著銅耳環，一頭亂髮，腰間佩刀之外，另一側掛羊毛編織的網袋，坐在長凳上，不時自在地編起毛線，從容不迫。普曼也是古倫族，祖父、母都曾帶他來古倫族山區，因而對牧羊人有分親切感，得知其七十二高齡，還請牧羊人吃可可。牧羊長者始終笑容可掬，剛毅自在，從容不迫，艱難的環境造就屹立不搖的古倫族。

午後一直在深谷的半山腰上盤旋，千仞石壁，一座山就是一塊石組成，座座剛毅，遠近錯落。午後的景致清一色鐵灰、黑灰相間的顏色，在山腰遙望谷底的石灘地，錯落一座小村，菩提河那兒彷彿是最緩的一段。前幾年，這兒的天險還是毛派的天下，遊客經此須留下買路錢，兩千八百多盧比。遠望黑灰的村前，怎會有金黃色的拱門，像國家地理頻道的標誌，甫抵村上方知是毛派的標語。今天的毛派已經趕走國王，實施專制，但採無為而治，與

艱難的環境造就屹立不搖的古倫族。

民休息，彷彿還是件好事。那黃色大門經普曼的解釋，橫寫勝利之門，右寫歡迎蒞臨毛派管制區，左寫向共產主義致敬，今天毛派已經奪權，不知是否繼續向共產主義致敬。

本以為已經到了佳給特，結果還需十分鐘，我們走了三十分鐘才到。佳給特建立在巨石堆中的村落，巨石下滾滾長河，幾縷炊煙繚繞，今天我攀爬奔馳了整整一天。

四月三日　星期日

昨天傍晚走到佳給特已經五點三十分，接著就下起大雨，慶幸我們已經走到目的地。佳給特是在巨石群中建立的村落，區域狹小，村內唯一一條曲折的街，鋪著整齊的石板，清幽精緻。我們住在街後新蓋的二樓，樓板鋪著粗劣的木板，走起來咔咔地響個不停，上廁所更麻煩，須跑上正街右轉，在我們進村入口西側一間公廁。村中設有小學，不見學生在學校活動，也許太晚了。店主人像陽光少婦，笑聲盈盈。山區有圓形大天綫可以收視各台電視。

五天前進入阿魯卡特，山谷兩側的半腰上總是稀稀落落的散著二、三戶人家，每次住宿的地方或宿營地，左右總會參差著竹林老樹、九重葛肆意開放，岩石蒼苔都像彩墨畫中的花青與赭石，雖然點綴得凌亂卻很美

毛派山門

毛派當紅

麗。今天天氣顯得清朗，昨夜曾與普曼商量請當地居民拍一些酒品廣告，結果普曼沒有找工作人員協助，拍得一陣混亂，最後沒好氣地告訴普曼有問題就說有問題，看看問題在那裡設法解決，不要都說沒問題，結果就是有問題，還讓人白忙一趟。

上午八時多才離開佳給特，山谷愈來愈險，兩側山石聳立，有些地方寸草不生，昨晚回到右岸的佳給特，今天又過吊橋走回神祕的左岸。就在右岸要轉向左岸的溪上，一戶人家巧思引用支流的水築渠到自家門口，讓河水從高處瞬間往下推動石磨快速地將玉米磨成粉，看那位仁兄磨了許多東西，有黑豆、黃豆、玉米，大概附近村落的糧食都需他協助磨粉，他見我們拍得不亦樂乎，要求要給拍照費用，普曼被敲了一百盧比，我被敲了五十盧比，我怎麼看那老先生，怎麼不順眼，只好悻悻離去，但他的巧思不得不令人佩服。首先用土與石塊將河床加高，一條引向家門，高度約四公尺高，用一根粗樹幹挖成凹字形，凹陷部分朝上引水流進磨房，磨房下有葉扇推動石磨，水流多快石磨就轉得多快。過左岸之前，在吊橋下設一個警察臨時管理站，普曼去辦手續，繳了一些費用，再趕上我們。在左岸不斷往山上盤升，中午來到左岸上的飛玲（Philih），一五一六公尺。從容吃完庫克提供的中餐，好多好多的蔬菜，大夥吃得高興。

午後出發，發現山谷裡長滿了松樹，地形地貌開始產生很大的變化，覺得蒼涼。小徑乾燥塵土飛揚，到處都是針葉的森林，最後又回到右岸，在一座座的山峰下蜿蜒，一峰接著一峰，峰峰相連到天邊。挑夫今天走了十小時，個個累得人仰馬翻。

跨回右岸後，山谷兩側距離變得不到一百公尺，高度一直在一千七百公尺左右盤旋，山谷曲折無風，樹林青翠茂盛，茂林下隱約顯現幽谷、流水，彷彿回到台灣中級山的林道一般清幽，繞過一叢叢的森林，一會在右岸一會又回到左岸。

傍晚時分，我們來到幽林的一處民舍，遇到今天在路上遇見的十來個俄羅斯山友。俄羅斯山友每人腰後都會繫個背墊，小明常去俄羅斯地區登山，也遇到同樣情形，今天特別比手畫腳，想知道墊子的作用，得知背的小墊子是用來坐地上的墊子，橡皮造的，約我們小時候寫字用的墊板四倍大。

晚食蔬菜、炒飯、蔬菜饃饃、蔬菜湯。蔚、小明一路陪著吃素，感激萬分。

叁 把痛苦當糖吃

四月四日　星期一

從天高地闊的曠野走進峽谷的地形，與對岸最寬的地方也不過一百公尺，有時兩岸相距不到五十公尺。右岸、左岸，左岸、右岸，就這樣兩岸來回了一天。這兩天從一千兩百公尺的佳給特走到今天的歌阿夏（**Ghapsya**），走了三十多公里，高度雖只上升一千公尺，但明顯高度對我有影響，今天我們都走得很吃力。

今天一天都在峽谷左岸，一路陡升，與兩週來所走的景觀地形完全不一樣，也許昨晚我們與普曼閑聊過晚，造成今天大家都意興闌珊。

普曼於一九七八年出生於拿馬兒庫（Namarkhu），那是一個很窮困的地方，在加德滿都中西部。從加德滿都去拿馬兒庫需坐大巴士六小時，再坐四輪驅動吉甫車三小時，再徒步三小時方能到達。從加德滿都去拿馬兒庫只有冬天的時候路是通的，夏天因受印度洋季風影響，大雨會造成道路中斷。普曼在家鄉讀小學三年，一九九二年離開故鄉在加德滿都就學四年，學會英語。父親是廓爾喀傭兵，死於軍中。母親未過世前是領英國的撫恤金過生活。

二〇〇九年，普曼第一回帶著老婆、小孩回家鄉，發現窮困仍如二十年前，回到加德滿都後，他一直希望能為故鄉做些什麼，結果他的美國友人Mar Silver告訴他，先要解決家鄉照明問題，鼓勵他寫信給美國黑鑽石登山用品公司請求協助。二〇〇九年底，普曼寫信給執行長請求協助，普曼說他沒有想到，竟得到六十個阿波羅太陽能電池的燈。二〇一〇年，普曼把燈帶回故鄉發給村民，村民給普曼熱情的感謝。但是普曼後來發現高興得太早了，因為太陽能電池用罄後就沒有設備充電。普曼又寫信給巴塔索利亞服裝公司請求協助，這回普曼募得兩套小型太陽能電池流電器，造價四千美元。至今普曼還在為他的故鄉呼籲奔走。

高地的氣候特徵漸漸浮現，其一風大得讓人站立不穩。馬納斯鹿的風是很有名的，年輕少婦問我們是否去登馬納斯鹿峰，她們都顯露欽佩的眼光。今天上午遇到的第一個村口，設有瑪尼堆[2]，村上也飄著風馬旗，過二千公尺後所見所聞都是藏族的文化。村口用石塊及黃土搭建三層的祈禱佛塔、山門，為來往的村民旅客祈福。

在村後也遇上這一趟行程第一批犛牛，因為這兒都是以騾作運輸工具，而少見犛牛，偶而在山腰僅有的草地上有乳牛的蹤跡。除了峽谷四周充盈著綠意之外，其他所見都是蕭瑟的景象，除谷地之外呈現的都鐵灰的顏色。這兒小徑上的石塊有時會有亮晶晶的反光，小明說是鐵礦，小明的父親是學礦石開發的，小明耳濡目染也了解許多礦石的常識。

上午十時左右，我發現三三兩兩的挑夫都找有水源的地方生火煮飯，他們都背著鍋子及白米。一鍋煮白飯，一鍋煮菜，一定有馬鈴薯，少許的咖喱及青菜。然後每人拿一個大盤子盛滿白飯，淋上食物就用右手抓了吃，他們一天只吃兩餐，約上午十時開飯，早中餐一次解決，然後到達目的地再吃豐盛的晚餐。有時候挑夫不是自己煮，若遇有較大的村落會有挑夫之家可提供廉價的住宿，吃住一天不超過五十盧比。過了二千公尺以後，我們看見雪線以上的山頭，既美麗又蒼茫，世居四周山頭、谷地的藏族衣服深沉厚重，顏色黝青，以黑、紅、灰為主，金黃的細絲顯現其他色澤，少女、少婦都是大大的眼睛，一派天真無邪，笑聲爽朗高亢。

中午走到一九九〇公尺的比西費迪（Bihiphed），住著一戶年輕藏族之家，借用他們的廚房及客廳。普曼付他多少盧比不得而知，但是我知道若是借地方塔帳宿營及借用地方炊煮，需付一千盧比左右，可能高度愈高愈貴。

今天越過數條稜線，來到寒冷大風的歌阿夏。歌阿夏就位在菩提河穿過峽谷逆上，一處較緩的谷地上。零零落落幾戶藏族之家，今天大部分的時間行走左岸，將要住宿或宿營時都會跨過吊橋回到右岸，大概是碰巧吧！從昨天上午前，一直隨著菩提河向北，昨天出發後菩提河谷明顯地轉

2 瑪尼堆，原為藏族設於交通要道或山口的路程標誌，藏傳佛教興起後，信徒將一段經文、六字真言「唵嘛呢叭咪吽」或佛像刻在石頭上，放在路旁，日積月累成堆，其中以刻有六字真言的石頭最多，故稱為瑪尼堆。藏人經過時都要放一顆石子在上面，等於念誦一遍經文。

向西北，我們往馬納斯鹿基地營，已經走過一半的行程，令人高興。蔚今天大概太累了，精神不振，早早入眠。小明上山就很少洗澡，他的理論：污穢可以禦寒。蔚，台北人，愛乾淨，且愛吃甜食，凡是果醬、蜂蜜等都喜歡。我曾告訴蔚，你們台北人都在幸福的環境長大，愛吃甜，我們的一生苦多於甜，因而我愛吃苦瓜、苦茶、苦酒、苦……一笑！總之，無論是登山、工作我們幾乎是把痛苦當糖吃，一笑！

四月五日　星期二

一週來，天天夜晚都會下一場大雨，躲在營帳裡避雨，聽著雨水落帳的聲音，滴滴嗒嗒，彷彿是慈母的細語，讓人隱隱入睡。清晨微曉，雪光已經映亮了山谷，村口的一戶藏族已經趕出乳牛出門，部分醒來的年輕挑夫依著石牆往遠方悵望，彷彿若有所思。一陣陣草氣馥郁撲鼻而來，今天上午還有二個小時可以在峽谷茂林的岸邊遊走，以後的路將會一路爬升。晴天一碧，雪山邊卷著一些微雲，茂林裡的挑夫、旅人，一程一程地趕著走路，在那裡行走。從溪谷裡吹來的微風，帶著一種香氣，一陣陣拂上

生命已去靈魂猶存的犛牛。

來，滿谷的尼泊爾杜鵑花，大紅盛開朵朵，它也是尼泊爾的國花，花形還印在尼泊爾的國旗上。岸邊的深叢雜樹裡，住著幾戶人家，四周有一層薄薄霧氣，同輕紗般在那兒飄盪。溪聲有時緩緩潺潺，折一個彎，忽然盈耳溪聲轟轟隆隆，驚心動魄，悠悠地走在古道小徑上，看看四周覺得草木都那麼友善，彷彿都在對我們微笑，看看穹蒼，悠然無窮的大自然，彷彿有無數天女散花，梵天歌舞，讓人的步履都輕盈起來，幾時鑽出山谷都不得而知。我們已經來到亂（Rumchet），谷寬超過半里，視界頓然無礙起來，庫克在一棵老樹旁埋鍋造飯。這棵老樹像台灣的台灣松，成長緩慢，樹身結實、挺拔。

在亂待了兩小時，我們一直走在俄羅斯隊伍的後方，本來他們有說有笑，陽光照暖了大地，但是他們看見藏族勞動兩位婦女走過，他們就止住了笑，因為藏族剛毅的表情，抑是見他們辛勤勞動，所得不多。經過一村又一村的藏族村落，天真的孩子在村口亂跑亂撞，累了就立在石牆根或坐在石牆上，我也童心大起，跟著他們在村裡亂逛，拿水果糖分給他們，稚童一哄而散，真怕他們壞牙齒，無奈鉛筆早被我發光了。見一婦人用犛牛線織布，徵得同意，拍了幾張傳統織布情形。

午後五時十分才走到羅（Lho），烏雲蔽天，晚雪倏忽而來，如滿天飛絮。村上約三十戶人家，依坡而建，無章法可言。村中有一座喇嘛廟，不時有梵唄之聲悠悠而來。

山野寂寥，青山白頭，在城市生活久了毫無半點生趣，能有一趟山野之旅，去人跡罕至的地方，自賞那份孤寂的韻味，在水光相映的鬼湖看草木蟲魚、白雲碧落，在萬籟俱寂的瞬間，人情世故悠然飄落，會自覺自己是孤高傲世之人，是超然獨立的隱者。走到人跡罕至的羅，就有這種傲世孤寂的感覺。

溫度直線下降，小明大清早量的溫度是五・五度，昨天在佳給特量十二度，窗外亙古蒼茫的星空燦爛，冷得早早躲入房內，靜聽山野牲鳴的聲響及獒犬的狂吠。

四月六日　星期三

羅，白皚皚一片，深夜下了一場大雪。已經四月了，三一八〇公尺的羅依然天天飄雪，從如春的歌阿夏乍來嚴寒大風的羅，把帶在身邊的大衣

站在羅村眺望馬納斯鹿峰。

全套上了。村道泥濘，因雪，羅成了黑白的世界。屋頂是白雪、石頭是灰白，整村房屋的牆是石砌的，只有喇嘛廟的佛塔石砌外加黃土再刷上白灰，佛塔尖成金色，佛塔身灰白，泥下露出斑駁的黃土和石塊。沿著村外側，近谷的土堆上搭起了兩旁石屋，房屋一間挨著一間，正面空無一物，門邊都堆如人高的生火木材，依土坡搭建，看起像二層的房子。室內陰暗無光，雪後看，黑漆漆的一個個黑洞，深不可測，孤寂的人走在村上更顯得蒼茫孤寂。

我們離開羅，就聽說韓國隊去年一支七人的隊伍在三營失去蹤跡，今年韓國隊又組成了一支七人隊伍，一方面他們要攻頂，另一項任務是要去三營尋找失蹤的隊友。

我們要去沙瑪村，野徑上陸續見到韓國隊的隊友，下撤至羅休息，為甚麼不在沙瑪村休息，三千八百公尺應是休息復元的好地方，不得而知。韓國隊員個個年輕，人高馬大，大塊頭。

來到沙瑪村，一路望著馬納斯鹿峰，一直都是雪煙紛飛，可見馬納斯鹿正吹著狂烈的風，我們才會清楚見到四闖紛飛的雪煙。攀爬的裝備全要運到沙瑪村，二週前，攀登雪巴四員帶著四十五隻騾，將主要裝備全部運抵沙瑪村，並請當地挑夫協助運往基地營。一週來，從加德滿都一路隨我們來沙瑪村的十七位挑夫今天必須下撤。因為夜裡溫度已經降至冰點以下，他們大都只穿著拖鞋、單薄的衣服，昨夜在羅，他們都擠在火爐邊挨過一夜，我與克明合給每人二十美元小費，感謝他們的協助。午後二點，挑夫全部下山，先遣的支援四人小組與我們會合，並告訴我們一週來的雪況。看樣子不是很樂觀，他說兩天總有一天夜裡會下近兩公尺深的雪，去基地營的路寸步難行，但我們攀爬的物品都已在基地營。明天高度適應日，後天我們會走上基地營，蔚還沒有走到基地營就開口希望能留在沙瑪村。

來到沙瑪村，與一起在廣場上宿營來馬納斯鹿健行（Damlan）的法國家族相見歡。一家大小六名成員，都毫無阻礙地到達沙瑪村，明天跟我們一樣去做高度適應，再去基地營，再回到沙瑪村。最後一週繞馬納斯鹿一周再回程，一個家族能一起壯遊是件了不起的事。

一週來從蘇提可拉開始有許多村落都有毛派留下來許多毛派基地的遺跡，大門的門邊都留有毛派的標語，上面插著三面紅色黃色鐮刀的旗子。來到羅及沙瑪村，還有從大陸邊境輸入的電源，今日毛派基地已經擴張到加德滿都。

中午就走到沙瑪村，午餐不見普曼，原來一週來普曼陪我們粗茶淡飯，來到沙瑪村跟高地雪巴會合，找到很好藉口不陪我們吃素了。中午，我看普曼吃到一週來最豐盛的餐，塔巴是他們最喜歡也是尼泊爾最傳統的食物，若正式一點或豐盛一點，他們就會加許許多多的咖喱。經普曼與高地雪巴王醋等詢問得知，及胸的積雪保守估計也要四天後才有機會上基地營。日前，阿甘密及高地雪巴被困在基地營動彈不得，一切尚需老天網開一面。溫度又近冰點，室內溫度還有五度，克明、蔚都躲入被窩。克明在台灣買的名牌雪衣，二〇〇九年爬完羅伯切後買得，兩年後派上用場，但在中途就脫線、毛氈扣子都損壞，普曼笑他買到山寨版，我猜應

該是該件衣服在店裡已經躺了很多年，克明幾乎以對折的價錢購得，不言而喻一定有瑕疵。

蔚把衣服全套上了，再躲進睡袋，應該是沒有問題。雪巴王醋，聽他聲音沙啞，將枇杷膏、龍角散全拿出來給他服用，希望他明天能好轉。

很高興終於來到馬納斯鹿的山腳下，可是距離基地營還很遠，不像聖母峰的基地營，從羅伯切平緩地延伸到歌拉雪再延伸基地營，這兒得越過四千五百公尺以上的雪嶺，才能到基地營。

我們望見銀白色的馬納斯鹿，在這座美麗的藏族城鎮，可望見垂直五百公尺的冰和雪，視野可以一直望到八一六三公尺的山頂，還有廣袤一片的藍天。望著忽然像白色

平地挑夫即將離去合影留念。

顏料在水裡快速暈開的雪煙，看起來好像誰也不可能站上頂峰。

四月七日　星期四

一大早，普曼就帶我們去附近的一幢舊佛寺參拜，我們趕他們的晨禱。祈福活動就像我們在加德滿都的山神廟一樣，儀式充滿密宗色彩，喇嘛藏族都著色彩豐富的衣服。我記得酥油茶的鹹味，撒米向山神祈求平安。普曼向老喇嘛詢問何時到基地營幫我們祈福，接著低沉長號的聲音響徹山谷，耳裡一直有著經院的誦經聲。現在天天都可以看見壯麗銀白的世界，不用再長途跋涉，山友口中的靈魂之山橫在眼前，在山谷的任何一方都可以見到她的山容，我們將再次成為山中冰河邊的居民，在冰磧黑岩下討生活。

儘管心裡上有著負擔，接受了許多山友、同儕的協助才能站在這兒，但到目前為止，一切都進行得很完美，我也一直維持著素食，並享受近十天的健行路程。明天或後天，我們將跨越高地與谷地的門檻，即使有時候，高度令人痛苦，但痛苦後的喜悅讓心靈得以提昇，一次的痛苦一次的提昇，人生不也是如此嗎？沒有一點點習慣承受人生痛苦的小孩，如遇突如其來的人生變故，會造成極大痛苦及身心重創，人生不如意十常八九，我曾親眼目睹年輕小孩心靈的崩潰與痛苦，令我心酸不已。讓自己的小孩吃苦，絕不是件壞事，但我自己卻也做不到，對三個小孩自小幾乎是有求必應，以致現在小孩雖都已長大成人，卻都還處在自我中心的生活價值模式，我也覺得很矛盾與痛苦。

我們走到佳給特的時候，小明的健行登山鞋破了一個洞，他說這雙鞋很少穿，在台灣登山穿了一次，沒有想到在半路裂開破一塊，但小明縫補的手藝不錯，縫縫補補也走到沙瑪村。當初在加德滿都檢查裝備，普曼拿起小明鞋子看了又看，還是輕輕放過了小明，所以我與小明得到一個結論：爬八千公尺以上的極峰，裝備最好全新的，以策安全。近日，小明相機也故障沒得拍，還好他還帶了備用相機；我的數位相機充電器未帶，一路上找不到代用品，因而我的數位相機也停擺。

今天沙瑪村的喇嘛廟曬經、遊街活動，我們一早就參與盛會。攀登雪巴都參與盛會，在廟會與捷克南斯夫隊相遇寒暄、互相祝福。

余秋雨《千年一嘆》一書寫著，一九九九年十二月坐吉甫車行駛四萬

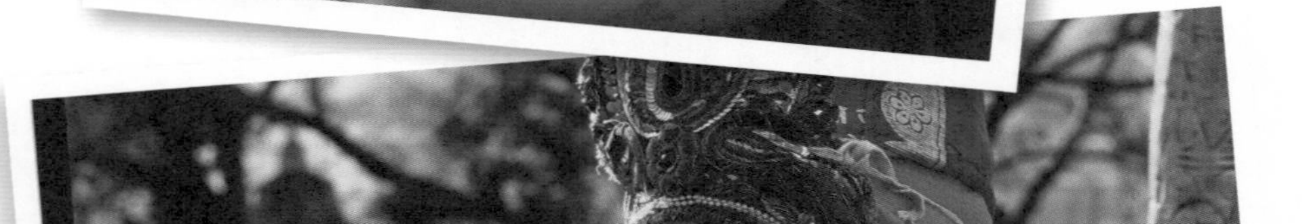

上：途中遇到的印度教小孩。

下：印度廟慶典扮猴神。

多公里，亦曾經在加德滿都駐留，但對尼泊爾的著墨很少，他大概把尼泊爾納入印度文明的一環，因而在喜馬拉雅山腳談的都是文明興衰的總結，不曾去了解真正的尼泊爾[3]。「尼泊爾還是貧困，但很乾淨。有人掃街、有人洗衣，沒有見到一個逢人就伸手的乞丐，也沒有見到一個無事站的閒漢，每個人都有自己的事情在忙。小孩子背著書包，老人衣著整齊，一派像過日子的樣子。」[4] 這大概是余秋雨先生在譚美地區一條最繁華街道所見，其實，他只要把這條街走完，就會看到許許多多無所事事的閒漢，也會見到伸手乞討的流浪兒、婦女及髒亂喧囂的巷弄。余秋雨還有不知道的譚美，離開譚美區，人窮得連你拍照都要向你索費，四處可見觀光警察驅趕乞兒。住在五星級飯店的他，如何談尼泊爾印象？他書中描

3余秋雨，《千年一嘆》（台北時報文化，二〇〇〇），〈尼泊爾〉，九四「車輪前的泥人」：「一九九九年十二月二十四日，由印度至尼泊爾比爾根傑（Birganj），夜宿（Makalu）旅館」，頁三六六：「辦完尼泊爾入關手續後，早已是黑夜，走不遠就到邊境。」

4余秋雨，《千年一嘆》，九五「本來就是一夥」，頁三六八—九：「一九九九年十二月二十五日尼泊爾加德滿都夜宿Everest旅館。」

述的譚美Rum Doodle酒吧，普曼曾告訴我，只要拿出八千公尺以上雪山的登山證明，老闆就會招待免費的餐點，只是我一直沒拿登頂證明去吃一頓。沒在尼泊爾待三個月以上，別說你了解尼泊爾，有一部韓國人拍的影片《被上帝遺忘的小孩》真實紀錄加德滿都的流浪兒。但有一些余秋雨先生觀察對了，尼泊爾的好禮，不急不緩，樂天知命，友善，這大概是算印度文明的貢獻吧！所以真正的尼泊爾就像恆河文明，滿天灰塵，嘈雜巷弄到處油炸舖、雜貨攤；雨後天晴，街道到處塵土飛揚、紅塵滾滾。

談到顏色，一般大眾可以接受的說法：希臘藍也是地中海的藍，埃及的黃色，以色列的象牙色，伊拉克是灰色，伊朗是黑色，像穿黑衣黑頭布的伊朗婦女給人的印象。而余先生談尼泊爾居然是綠色，他自己也覺得驚訝。[5]其實，他從印度的比爾根傑到加德滿都，沿途是一大片富裕農產茂盛的田園、森林，因而他碰到都是綠油油田疇，事實他只看到這一小塊。以我近幾年在尼泊爾進出，發現最能代表尼泊爾的顏色應該是紅棕色與雪白，甚麼是紅棕色，就是喇嘛身上衣服的顏色，就是古蹟牆上的顏色，就像尼泊爾的國旗就是紅棕與雪白。因為幽暗的古蹟、古建築就是適合這樣的顏色，再點綴尼泊爾婦女豔麗的沙麗服飾，這是歷史沉積的顏色，就像尼泊爾百分之八十五都是印度教的事實，也是無從改變，大梵天比濕奴左右這國家人的生活。

傍晚時分，馬納斯鹿又陷入風暴之中，烏雲密布，沒多久天空飄起細雪來，攀登雪巴比濕奴、索南，午後已經負著行李去了基地營，相信今天會是一趟辛苦的行程。

5《千年一嘆》，九五，頁三六八：「從比爾根傑到加德滿都，相距二百九十公里。……真正的尼泊爾不是這樣。首先是色彩，滿窗滿眼地覆蓋進來，用最毋庸置疑的方式了斷昨天。我們的色彩記憶也剎時喚醒：希臘是藍色，埃及是黃色，以色列是象牙色，伊拉克是灰色，伊朗是黑色，巴基斯坦說不清楚是什麼顏色，印度是油膩的棕黑色，而尼泊爾，居然是綠色！」

肆

冰原上的基地營

四月八日　星期五

今天是高地適應日，計畫往西北走到山都（Samdo，四二〇〇公尺）。出門走到馬納斯鹿三號旅店，門口聚集了一堆挑夫，不知何時訂立了一個規則，就是從加德滿都來的挑夫只可負責到沙瑪村，從沙瑪村到馬納斯鹿基地營的挑夫必須雇當地挑夫，因而當地的男女老少都加入挑夫的行列，他們浩浩蕩蕩地往馬納斯鹿基地營出發，我們則往西北走。

昨夜下了一夜的雪，陽光微微趕不走寒氣，一邊爬著，嘴裡吐著霧

尼泊爾與西藏邊境的山都村，所有建築、服裝、表情都是西藏式的。

氣。一天沒動，整理裝備再動，就氣喘吁吁。雙手撐著登山杖，《登山聖經》裡說的高地登山休息步伐，在這兒可派上用場，就是跨左腳吸氣，右腳前進吐氣，一邊走一邊休息，但是到五千公尺以上的高山，也許要吸上三口氣才夠走一步。[6]

十一時三十分走到山都，點餐後，曬太陽，看壯闊的山谷地形，這兒是尼泊爾跟西藏的邊境，我們今天都沿著邊界走，民俗風情沒有半點尼泊爾味，彷彿我們是在西藏旅行，所有建築、服裝、表情都是西藏式的。一個半小時，我們點的義大利麵和塔巴才上桌，午後二時我們走回沙瑪村。

今天上午在半途遇見一位藏胞帶著二個小孩，幫人家看管犛牛，卡達卡詢問得知是父親帶二個小孩，在野外生活、工作，少見有外

人，當我們經過，他就伸舌頭想嚇走我們，最後我給了他們一些餅乾才鬆了敵意。他們生火煨馬鈴薯果腹，我拍了一些他們的生活照。回到沙瑪村，見一婦人在簷下織布，很久沒見過這種場景，克明與我佇立觀望，詢得同意並拍了些織布情形。寒冷的高地婦女的頭髮為甚麼都油亮亮的，今天得知婦女保護頭髮方式有兩種：常見一種直接用凡士林擦臉、擦頭髮，有些地方物質更缺乏，她們就直接用沙拉油酌量

三都村途中遇生活困苦的西藏父子三人。

6 唐．赫克（Don Heck）、韓森（Kurt Hanson）編著，邱紫穎、平郁譯，《登山聖經》（*Mountaineering: The Freedom of the Hills*），（台北：商業周刊，一九九九），「第一部戶外活動要項」，第五章山野健行．步行．休息步法，頁一一二－一一三：「攀爬陡坡、雪地和高海拔地區時，須用休息步法（rest step）。……每走一步就停頓一下。休息時，一腿略弓在前，一腿在後，放鬆前腿肌肉，讓後腿支撐身體重量。……呼吸須配合步法，每走一步呼吸一次——但每一步呼吸次數須視攀爬難易度而定。一步一呼吸的走法，是提後腿向前走時吸氣；前腿休息，後腿支撐時呼氣。……在空氣稀薄處，肺部需要多次喘息，因此走一步呼吸三至四次。」

抹頭髮以防乾裂。

回到旅店，捷克斯拉夫隊長轟炸及保羅來訪，其實他們昨天就到我們旅店拜訪普曼，普曼躲著不見人，因為普曼發現捷克隊除轟炸有六次來尼泊爾登山經驗，也爬過阿空加瓜，保羅來過尼泊爾登山兩次，其餘五名男女隊員都是第一次來尼泊爾登山。他們的挑夫一行十餘人，今早出發中午又撤回馬納斯鹿旅店，因為昨夜山上下了大雪，雪深過膝，寸步難行。轟炸發現食物無法如期運到基地營，明晚隊員在基地營的晚餐無著落，希望普曼能協助他們，讓我隊留在基地營的庫克先煮給他們吃，他們食物運上了再還給我們。因為我們與捷克斯拉夫同隊申請登山，因而捷克隊希望能相互合作，並詢問我們這幾天的天氣狀況，他們也曉得普

手工紡織

曼天天盯著氣象，我猜是捷克隊尼泊爾嚮導要轟炸求助普曼。到今天我才曉得捷克隊是很陽春的一個隊伍，他們只雇請廚師及雜役二、三人，再雇請挑夫雪巴協助將裝備扛至基地營後就離去，他們沒有攀登雪巴，抵達基地營後凡事自己來。今天他們與我們一樣也做高度適應，向南走再轉西北去Pung Gyen Gompa，看舊地圖那兒還有溫泉，但新地圖沒有標示。

今年欲攀登馬納斯鹿峰者，目前已知的隊伍有伊朗隊、法國隊四人、捷克斯拉夫七人，本來有八人，其中一人出發前夕頭部受傷，縫了很多針，無法成行；還有韓國隊為了尋找去年失蹤的伙伴，是今年最早到達的隊伍，法國隊預計這兩天會抵達。

四月九日　星期六

青仔生日，一大早就借普曼衛星電話打給她，祝生日快樂。她在高中任教，這幾年又接導師，早出晚歸，假日，家長也常來電話詢問孩子在學校情形，雙親年邁需侍奉，千頭萬緒加上海外登山準備工作繁雜，她三頭六臂全包了。

明天我們就要前進基地營四千八百公尺。今天我們先走到風口四千公尺的地方再折回，明天跟著挑夫將裝備運上基地營，等氣象穩定就可以一步步建立高地營。捷克斯拉夫也到高地，挑夫早上興高彩烈地先行進駐，但他們今天的中、晚餐是我們高地庫克協助烹煮。

伊朗隊一行十二人，今天也進駐基地營，普曼不想今天進駐，因為他得知這一週來氣候都不穩定，烏雲密布，已經有兩天不見馬納斯鹿峰的蹤影。今天與克明穿越四千公尺，可能是寒冷的關係，攀爬緩慢，總有點力不從心的感覺，大概也累了，明天到基地營先好好休息吧！途中遇韓國隊，他們是今年很辛苦的一個隊伍，要攻頂還要三營附近尋找去年失蹤的兩名隊員。

我們已僱好挑夫，雖然沙瑪村還持續飄著風雪，溫度亦將持續下降，但時間已經迫在眉睫。克明與我都帶了些藥品：我帶了些維他命C、綜合維他命、紅景天、枇杷膏。克明帶的藥品琳瑯滿目，藥品項目如下：

1. 鈣片一千毫克，一百顆，一天吃兩顆。
2. 維他命E（內容：E兩百毫克、C一千毫克）七十五顆，一天吃一至三顆。

3. Move Free（內容：葡萄糖胺五百毫克、鯊魚軟骨鈣兩百毫克）兩百一十顆，一天三顆。
4. 葉酸五毫克，七十五顆，一天一顆。
5. 綜合維他命B群，三十五顆，一天半顆。
6. 維他命C五百毫克，一百顆。
7. 敏肝寧一百五十顆，一天兩顆。
8. Q10心臟酵素，七十五顆，走路覺得非常喘時才吃一顆。
9. 鐵劑五十顆，四百毫克，五千公尺高度才吃。

另有保養藥品如下：

1. 鐵胃一百四十包。
2. 瀉立停八十顆，蔚腸胃不適已經吃了一顆。
3. 龍角散兩盒。
4. 喉片三種一百五十錠。
5. 感冒藥多種兩百顆。
6. 普拿疼八十顆。
7. 痠痛藥布一百片。

清晨，沙瑪村村民聚集旅店門口，等著背負行李。

我想克明可以在馬納斯鹿開藥舖了。

四月十日　星期天

昨夜八點多，普曼為了能把一些照片傳回台灣，與蔚忙了兩個多小時，結果照片傳了，影片還是傳不過去，只好作罷。一大早起床雖然是零下一・五度，蔚昨夜去看衛星氣象，得知今天是好天氣，未來一週好像只有今天是好天氣，心想老天很眷顧我們了，因為去基地營須越過一座雪嶺，如果是壞天氣，沙瑪村挑夫上不去，我們也去不成，所以可以預知我們應該會很順利進駐基地營。早上七點多，村裡的男女挑夫都聚集在旅店門口，普曼已經把我們要帶上基地營的所有裝備、食物攤在廣場，有小孩、有年輕人、有青春少女、有少婦，彷彿沙瑪村所有人都出籠，平日都沒有甚麼人，好似從地底突然冒出來似的。

天空藍得令人高興，旅店後的小溪流，陽光剛灑在流水裡，發著晶晶閃閃的亮光，套著藏民服裝的小孩吆喝著，趕著犛牛越過溪流，陽光趕走清晨的冰寒。普曼跟這裡負責人開始秤行李重量，又亂了一團，原來秤過的食物、物質，任何搬得動的，自己去拿。有人想拿重一點，有人只求有得背即可，原則不能超過三十公斤，避免上雪嶺時發生危險。他們好像是在辦嘉年華舞會，陽光灑在他們的臉上、心上，璀璨的笑容令人難忘，有些笑聲好似全嶺上的人都聽得見，只因為她背負了一件綑得扎實、重量適中的行李，就高興得嘴都合不攏，拿了行李就離開。三三兩兩往馬納斯鹿的小徑上奔馳，我都感覺他們負得太重了些，蔚一直注意一個青年少女，發現她負重近三十公斤，他訝然驚叫起來。只因為我們與捷克隊申請同一張核准證明，變成他們有問題就找普曼，昨天夜裡，兩位留守沙瑪村看守剩餘行李的隊員又來找普曼，說他們需要九名挑夫協助，普曼躲不掉，一臉無奈又跑去幫他張羅。

我跟村裡的挑夫一路爬升，三小時過去，他們都爬上了雪嶺，他們不過早我們一小時出發，他們負重我們沒有，竟然趕不上他們。

我也漸漸爬上雪嶺，馬納斯鹿峰就在眼前，彷彿伸手可及。四小時的攀爬過程，聽到不絕於耳的雪崩近在眼前，讓人肝膽俱裂，轟轟隆隆的聲響由遠而近，讓人頭頂發麻。雪煙漸漸散去，上方雪崩引發底下的小雪崩，冰雪雲煙般在冰柱四周流竄，驚心動魄。不知何時已走到雪線上，變成一人踽踽獨行，繞過一嶺又一嶺，白皚皚的冰雪又濕又滑，沒穿冰爪也不知如何是好。還好早上村裡的挑夫，風一般地走過，在雪嶺上踩出一條明顯的印痕，我依樣畫葫蘆般往上踩。已經正午，太陽正炙，趕走部分寒氣。有部分挑夫男男女女開始下山，有些不想用走的，就一屁股坐在雪地上，往深谷裡滑好幾百公尺，讓人目瞪口呆。遇見兩位年紀較長婦女向我問好，我把庫克幫我準備的午餐給了她們，但水煮蛋及蘋果已被我吃了，只剩兩大塊西藏餅及二大片餅乾，他們大概肚子餓了，馬上就吃了。雪嶺上陽光正炙，沒了寒霜，西

負重不忘捲毛線的婦女。

藏的邊界上飄來陣陣厚雲，好似又要變天了。我看見她們口渴抓冰塊往嘴裡塞，我趕緊把我的熱水倒給她們喝，我想應該接近基地營了，滿意的笑容深印我心，拿起相機留下她們剛毅樂觀的身影。

剛好遇到王醋從基地營下來，要去接克明及蔚，雪巴人總是善解人意。午後一時三十分抵達基地營，基地營設在冰雪上，向南對著馬納斯鹿峰，但前沿都是冰磧地形及擠壓變形的大小冰柱，寸步難行；向北是西藏邊境，向西是冰山雪厚。我的高度計顯示四七五〇公尺，今天才知道我們的基地營沒有設在四千四百公尺的地方，而推到接近四千八百公尺的地方。基地營非常寒冷，不像聖母峰基地營設在石灘上進出方便，雪也沒這麼冷，馬納斯鹿沒有石灘除了冰原還是冰原。

四月十一日　星期一

所有事物都有生命，問題是如何喚起它的靈性？——馬奎斯《百年孤寂》[7]

克明清晨測得室外溫度是冰點下十二•五度，馬納斯鹿冰河推擠壓迫的冰堆，顯得猙獰。早餐，普曼訴說夜裡作了一場惡夢，被冰雪惡靈追著跑，最後他自己騰空飛行，他認為是惡夢，我覺得好兆頭，我只要作惡夢總是有好事臨頭。

克明一早就去周遊列國，目前在基地營的有韓國人、伊朗人、捷克斯拉夫人、台灣人，已知還有法國人及印度人還未抵達營地。王醋想起去年瑪尼堆及祭壇的位置，所有人員都加入行列，開始挖掘。時餘，果然挖出去年的祭壇，雪巴又到處找石塊加強祭壇聲勢，今明兩天都是吉日，我們也準備接受喇嘛的祈福。

昨天蔚與克明在半途就遇到Samagon寺的喇嘛和其助手，健步如飛，蔚覺汗顏，其實蔚很不錯，平生第一次過四千八百公尺的高度。在傍晚時分喇嘛抵達營地，帶了他的家當——法器、松枝，因是吉時，雪巴王醋、比濕奴等加緊整理祭壇的準備。

馬納斯鹿悠悠地立在冰河上，雪光折射在營地上，白晃晃的，沒戴墨鏡無法逼視。今天是一週來最好的天氣，天氣有時候會給人意外的驚奇，前幾天山上的噴射氣流亂竄，吹得雪煙四處飛揚，擔心得讓人睡不穩，今天看她平靜的尊容，令人信心大增。但雪牆仍很明顯地梗在三營的路上，喇嘛正在為韓國人祈福。

馬納斯鹿給各國登山家的印象是夜晚總會下很大的雪，大白天她會比較平靜，但夜裡的大雪有時候會讓我們做白工，剛架好的繩子會被埋在一、二公尺深的雪裡，就會一切前功盡棄，所以我們要祈禱，我們需要喇嘛祈福與加持。上午十一時喇嘛來到營地，臨時佛塔也搭建完成。午餐後，我們與捷克隊共同接受喇嘛祈福，時間漸漸地過去，喇嘛誦經聲、鼓聲、鈸聲連成一片，歷經二個多小時，我們的媽祖也與喇嘛會晤並獻上哈達。祈福結束我們就要開始探路，由營地往馬納斯鹿上升二百公尺。雪巴經喇嘛的祈福後就願意上山，因為每跨一步就雪深及膝，速度牛步化。一

7 馬奎斯（Gabriel Garcia Marquez）著、楊耐冬譯，《百年孤寂》（*One Hundred Years of Solitude*）（台北：志文，一九八八），頁二五：「『東西自有它們的生命』，吉卜賽人以粗糙刺耳的聲音叫道。『只要喚醒它們的靈魂就行了。』」

小時後，晚餐前，我們在細雪紛飛下走到五千公尺的地方休息，雪巴又繼續向前探了一段。沒多久，轟炸領軍的七名成員也循著我們的路跡走上五千公尺，其中一位還帶了滑雪裝備，一路滑回營地，今天還真是快樂又驚喜的一天。

四月十二日　星期二

睡到凌晨三點多就毫無睡意，想閱讀卻無閱讀的情緒，只好瞪著帳篷聽雪飄落，不知不覺中又睡著了，也不知道睡了多久，雪光反射營地，約過六時了。四位雪巴：比濕奴、王醋、拿瑞、索南提著建立營地及路線的設備繞著佛塔、還焚著松煙祈福。聽到聲音我一骨碌趕緊起身，拿出事先準備好的枇杷膏，交給他們一人六小包，然後目送他們爬上營地前的雪坡。

早餐後，與克明同時接受普曼的雪地訓練、結繩的技巧、雪壁升降、雪地前進、阿爾卑斯繩隊。從訓練的過程，發現克明明顯比往年熟練許多，可見他一年多來的努力很有成果，去年他參加多次海外登山讓他突飛

尋找去年的新福台。

猛進。

接著普曼開始檢查我們的裝備，我有兩雙冰爪，一雙是新型黑鑽石牌，準備在三、四營以後攻頂時，再配合Lowa三層靴使用，應該是沒有問題的，但另一雙是陳年的十二爪冰爪，我預計一、二營前使用，穿脫很不方便，被普曼嫌得要命，普曼只得拿出他的備用冰爪借我。克明決定以Nylo的三層靴從一營一路穿上頂峰，我倆佩服他的勇氣，任何一種牌子的三層靴重量都有二公斤以上，是保證不會凍腳，但絕對會影響前進的時間、速度及體力的損耗。

韓國隊上午都在營地外，目送我們的四位雪巴爬上雪坡，接近中午時分，韓國領隊帶著翻譯來拜訪我們，並詢問我們雪巴是否已建立第一營，接著，領隊直接表明願意與我們合作建立高地營及登頂路線並合作架繩，我們欣然同意。

其實我們早已商討過攻頂方式，一種是以三人結繩方式，從三營以後就不架繩，只以繩隊行進，找自己的登頂路線，這種方式與別人關係不大，各隊自行找路。另一種方式就是集結今年攀爬的六支隊伍互助合作共同架繩。到目前為止，已有韓國隊、捷克隊願與我們合作架繩，而伊朗隊二十多人尚未表明是否與我們合作，印度隊與法國隊則還沒上到基地營，無法確知他們意向，不過耳聞他們是等別人架好繩再來坐享其成。

午後一時，我們四位雪巴風塵僕僕返回基地營，他們上午已越過冰河，找出第一營的預備位置，明天我們一行七人將共同前往一營再折返基地營，熟悉路線並做高度適應。我相信明天一定會是熱鬧的一天。雪巴剛回營地，捷克隊就來詢問路況，明天應該會有一些隊伍依循著我們的路線建立一營。沒有人踏過的路一腳踩下去，完全陷入三十公分左右，有時甚而會陷下約五十公分，但多人踩過後，只要循著前人腳步往前，應該可節省一半體力。所以我們來基地營很多天了，沒有隊伍想去建立一營，大家都在觀望他隊的舉動。

上午雪巴剛離開，一群烏鴉衝入祈福台，一次叼走一塊供品，如戰機俯衝一般，瞬間，一群烏鴉在嘎嘎聲中啣走所有供品。午後，雪大如椽，來不及清除帳上的雪，一清掉馬上又積滿，彷彿永遠沒完沒了，乾脆去交誼廳，眼不見為淨。

四月十三日　星期三

本來預定今天是去一營來回，但昨天中午決定今日行程後就開始不斷地下雪，清晨醒來看錶已經六點多了，但帳內仍是暗濛濛的。唉！這就是我們最擔心的事，被大雪困住，那兒也去不了。搖一搖帳篷，讓微光透入。坐一會兒，仍打起精神著裝，心裡雖然想：從昨天中午下到現在，雪深一定超過一尺半，大概不會上一營了。著好裝，先鏟雪，把帳篷挖出來，小明、蔚也都在挖。接著去交誼廳了解實際情形，得知今天是無法走

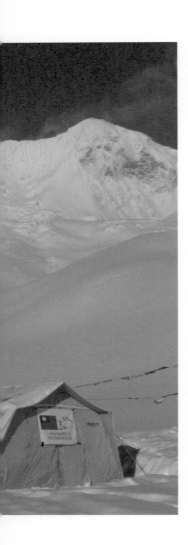

晴空下的基地營。

出門了。

昨天我們的雪巴去建一營時，捷克隊七人也背了裝備跟著他們腳步上一營，下午我們的雪巴返回基地營，而捷克隊成員卻沒有返回，今天還是大雪，原以為捷克隊今天會衝回來，結果沒見他們身影。心想，他們回營地須橫過馬納斯鹿冰河，如此大雪，就算昨天比濕奴有架繩在冰河上，深約二尺的積雪，繩早被埋得不見蹤跡。伊朗隊的雪巴跑來詢問氣象情形，我們的衛星網路也是時好時壞，普曼見韓國隊老神在在，猜想他們應該有等級更高的衛星氣象資料才對。

下午，索南看我們營帳快被雪埋了，我們還睡得不省人事，索南鏟雪聲驚醒我們，鑽出營帳迅速加入鏟雪行列。不曉得是什麼原因，動一動就氣喘如牛，下大雪，空氣好似被擠壓，連肺都無法運作如常。雪不是直落而是斜落，還好風不強，氣溫沒有急速下降。上午測得氣溫是零下六點五度，加上白茫茫中透著微光，不覺得寒冷。

雜役卡達卡協助處理松樹時，指頭被利枝刺穿，每天都哭喪著臉，處理好幾天都沒好，蔚以為他是凍傷，後來得知是刺傷，克明提供創傷藥膏，我提供ＯＫ繃，今天總算見卡達卡展現笑容，大概是疼痛解除了吧。

捷克隊剩庫克及雜役兩人留守，一個偌大的七人營地全靠他倆連袂鏟雪，我不自覺地眼光一直越過紛飛的大雪，想知道他倆要鏟到什麼時候才會休息；從領隊轟炸的住宿帳一直鏟到伙食帳、交誼帳時，兩小時已經過去，領隊帳又埋在雪裡了。頓覺人生的艱難，他們願意辛勤地付出，一定是對人生充滿了希望的熱誠。一個庫克、一個雜役就這樣鏟了一天的雪，我們則有普曼、比濕奴、王醋、索南、拿瑞再加上雜役索羅斯、阿甘密、卡達卡，七、八個人輪流鏟雪，鄰居捷克隊兩名雪巴辛勤的工作，怎可能不引起別人的注意呢？

今天忽然在書頁裡找到一張〈楞嚴咒心〉：十方如來，依此咒心，能於十方，拔濟群苦。所謂地獄、餓鬼、畜生、盲聾、瘖瘂、怨憎會苦、愛別離苦、求不得苦、五陰熾盛、大小諸橫，同時解脫……。[8]

8 張玄祥編著，《楞嚴經五蘊魔相解說》（台北：法爾禪修中心，二〇〇四），第八章化解魔難的楞嚴呪——楞嚴呪的功效及讀誦法，頁一〇六六「二．楞嚴呪與呪心之功效」：「《楞嚴經》曰：阿難……十方如來依此咒心，能於十方拔濟群苦。所謂地獄、餓鬼、畜生、盲聾、瘖瘂、怨憎會苦、愛別離苦、求不得苦、五陰熾盛，大小諸橫同時解脫。賊難、兵難、王難、獄難、風火水難、饑渴、貧窮，應念銷散。」

四月十四日　星期四

夜裡睡睡醒醒，上半夜一人獨自在雪地裡徘徊，雪已經小了許多，只是心裡想：何種力量驅使自己來這冰封的世界？父親從十五歲就當領航員，六十年的短暫歲月都在海上飄泊，一生一直航向不知名的地方、不知名的海域，來至老天掌管著神祕的海象，時而風靜無波、寧靜又神祕，時而狂濤巨浪、如人間煉獄。我也總喜歡把自己投向未知的世界，應是老天的憐憫，方能生存下來。下半夜，雪停了，如人間煉獄般的世界忽然甦醒。整個世界都改變了，馬納斯鹿平靜無風，在月光下如少女的溫柔，冰雪如玉女的肌膚，潔淨無垢，冰河也靜靜無聲，

風平雪鏡的一營。

再聽不到一點深層脆裂的聲音。安靜地佇立著，靜靜地鑽回帳篷，如聽慈母撫慰細語般沉沉入眠。

清晨醒來，出奇靈異，陽光燦眼，一片奇幻的世界從眼前展開。雪巴的臉陰霾盡去，冰河被風雪雕塑成動物卡通的世界。雪巴的臉陰霾盡去，展現難得的笑容。到今天才發現，太陽眼鏡四周的顏面都曬黑了，脫下眼鏡，大夥都成了熊貓眼。

早餐後，各隊的雪巴都聚集在我們營地，普曼開始上課，練習結繩隊。他們辛勤地練習，整整練習了一整個上午。午餐後，各隊雪巴又來我們營地討論合作事宜，討論到下午四時，得到初步共識，架繩隊分A、B、C三組，A組負責架一至二營，B組負責二至三營，C組就是尚未到基地

營的印度隊及法國隊。每隊出雪錨二十支，靜力繩四千公尺：大夥一致同意普曼的編組。這時在一營欲攀上二營的捷克隊安得（Ondret）、哈薩克（Hasek）撤回基地營，也過來詢問架繩支援情形。他首先說明他的隊伍今天欲橫過冰河上二營，因雪深超過一公尺沒有成功，他倆因呼吸困難，先行撤回基地營。

捷克隊躁進的行為是很危險的，他的解釋是因為他們只有四十天的假期，務必在時間內完成攀登。他們共七人，全無登八千公尺以上高山的經驗，領隊轟炸亦然，竟如此躁進，普曼只得搖搖頭，要他們好好保重。捷克隊倒底有沒有能力憑著七位年輕隊員完成攀爬任務，大家都拭目以待。

四月十五日　星期五

預先知道今天要走到一營再返回基地營，凌晨三時就醒了，東摸摸西摸摸，五點，乾脆起來拍照。由於晨間溫度過低，造成一二〇相機機械故障，現在可使用的相機剩六一七及萊卡一三五，若再故障就是老天叫我不要再拍了，也只得認命。無意間往一營方向望去，發現轟炸及其隊員一路從一營滑回基地營，有時還故意從伊朗隊身邊擦身而過。

早點草草果腹就跟著普曼及四位攀登雪巴出發到一營。韓國隊和伊朗隊開一條路，我們和捷克隊也開一條路，但前進八百公尺後，全匯集成一條。我們的雪地路標只是一條青色的塑膠帶夾在竹子上，當做雪地行進方向的識別。韓國人做事跟日本人很像，方方正正，連雪地標示都印有韓國隊及贊助廠商，印成三角旗形式，非常醒目。

克明剛開始緊跟在雪巴後面，一小時、二小時後，克明明顯落後了，其實原因很簡單，他少了一雙硬底鞋，小明為行事方便，想以一雙三層靴走完全程，一營、二營、三營、四營及登頂。三層靴一雙至少二、三公斤，當然會損耗他不少體力，在加德滿都添購登山用品時，我提醒他須再買一雙硬底鞋，因為二〇〇九年我登聖母峰時，六千三百公尺以下的攀登一律穿著硬底鞋加上釘爪，讓身體減輕許多負擔。我說：「小明，你不聽老人言，吃虧在眼前。」「你自稱老人就是老人。」其實我與小明半斤八兩，他攀岩、冰攀都很厲害，這是我需跟他請益的地方，我的攀岩技術差他一大截，他曾跟很多人請教攀岩技巧，像南搜、小鬍子等；他也快把《登山聖經》看完了，此點最讓我汗顏。但是我倆走起來像哼哈二將，雪

雪巴們辛苦建立第二營。

巴人很瘦很輕，從雪上走過，一點事也沒有，我與小明走起來可不一樣，不是他左腳陷入雪裡半米，就是我右腳陷入，走了四個多小時，距離一營還有一段距離。

中午了，吃難吃的乾糧，我把蛋及果汁吃了，尼泊爾餅實在難以下嚥，又乾又油，好像是水溝裡撈出來的油炸餅乾。普曼看我們二將走得還可以，要我們返回基地營休息一天，隔天再走一、二營、二營、一營，來回上下，適應地形高度，約二、三天後再回基地營。反正待在那一營都無所謂，只是快二十天沒洗澡了，小明是油性皮膚，但他手指頭很乾燥，他每天必做一件事，就是用手指輪流刮他臉上的油，以滋潤手指頭，廿多天來，效果非常良好。我擔心的是，後天上高地營以後，我與小明將共用同一頂帳篷，屆時不曉得誰把誰薰死。我雖然沒洗澡，至少有時間時，會用雪把重要部位擦洗一番，小明說他也有，可是我不相信，小明說他有帶秘密武器，像漱口水般一小瓶，往身上抹一抹，臭味全消，等到高地營時再來見真章。

午餐後返回基地營，我們倆個邊走邊聊天，結果走進伊朗與韓國隊開的路，他們的雪坡奇軟無比，以我與小明的噸位，每走一步就要陷入一公尺，我們邊走邊罵普曼到底會不會帶路，普曼說我們自己開的路會陷得更深，我覺得見鬼，早上我們才剛走過，帶錯路認錯就是了還要硬拗。就這樣，我與小明跌跌撞撞進伊朗隊及韓國隊的營地，再跨回自己的馬祖馬納斯鹿遠征隊營地。

剛回到營地，轟炸帶一名隊員拿著空照圖要跟我們交換情報。轟炸因前幾天被困在一營三天，一直想攻上二營不可得，他想了解我們往二營的路線架設得如何。捷克隊則想撿現成的，普曼很聰明，跟轟炸虛與委蛇。一營至二營須跨越馬納斯鹿冰河，但無論跨越任何一處，都要受將近八十度垂直的馬納斯鹿冰河源頭的威脅，源頭的頂上又積滿大片大片的雪簷，任誰也不知何時會因承受不住重量而崩塌下來，因而一營跨二營之間，隨時都有立即的危險，所以捷克隊一直想利用我隊雪巴人豐富的經驗，讓他們能順利到達第二營。

四月十六日　星期六

前些日子來拜訪的韓國領隊今天送上他們隊員的資料，發現今年的韓國隊是精英盡出，就以領隊朴洙蘇的經歷就令人瞠目結舌，簡介上寫著一九九七年登八一二五公尺南迦峰、一九九九年登干城章加峰八五八六公尺，他至少攀爬過六座八千公尺以上的山。而去年死在馬納斯鹿山的二名隊員，登山經歷也都非常顯赫，一名一九七〇年生，完成K2八六一一公尺，及八〇三五公尺的加蘇爾布魯木II峰；另一名一九八三年生，二〇〇八年完成洛子峰八四六三公尺、二〇一〇年馬納斯鹿峰完成後墜崖失去蹤影。

今年朴洙蘇帶七名隊員來，一方面要登頂，一方面看能不能找到去年失蹤的二名隊員遺體（楊奇環及朴皇祖），隊員中不乏赫赫有名的韓國登山家。

今天休息在營地閒逛一天，下午普曼去印度隊與雪巴開會協調合作事宜，而A組的探路

基地營交誼帳內韓國隊長朴洙蘇來訪。

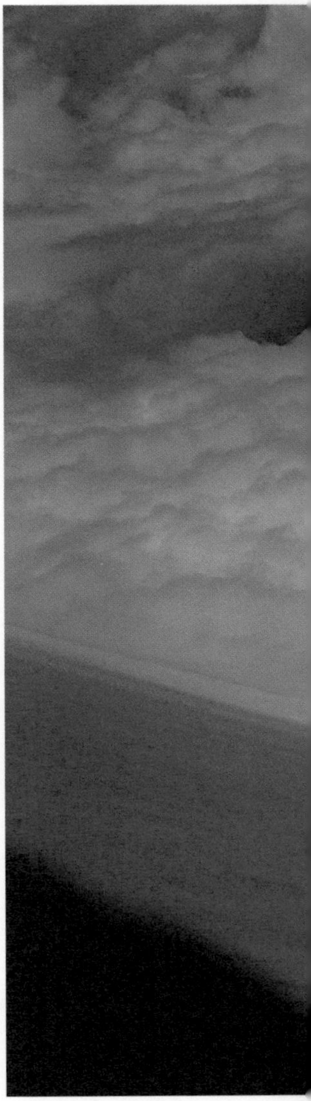
馬納斯鹿冰河源頭。

組成效不彰，尚未找到通往二營的路。捷克隊派了一名隊員郭雪上一營，想早些得知往二營的小徑情況，捷克隊是這趟馬納斯鹿遠征隊中最陽春、資源最少的隊伍，一路上，他緊貼著我們，遇有狀況就向普曼求救，普曼無奈卻又不忍不伸出援手。

開會結果，仍按先前的計畫，依A、B、C編組方式建至三營，路線完成後再討論三至四營及登頂路線，普曼目前的要求，人數較多的隊伍，公差人員及資源都必須多出，但目前尚未達成共識，協調實在是一件很困難的事。

傍晚，索南、王醋從一營回到基地營，明天準備與我和克明再上一營。捷克隊轟炸說，明天清晨五點與我們一起出發。今清晨量的溫度是零下十一度，中午上升到十五度，下午又一路下滑至零下十度左右。

伍

物大有可觀

四月十七日　星期日

又是一個週日，爬馬納斯鹿是持久戰，無法預測成功或失敗，無法預設需奮鬥多久、需多少時間。一直爬，爬到攀爬季節結束，一般簽約大致都到六月一日或五月底，這一季攀爬季節就算結束，無論成功或失敗都必須回家。

今天開始實施高度適應，來回約二天的時間，也許更長或更短，氣候決定了一切。今天停留宿營的地方是五千公尺的一號營，隔天再往上爬，預定到六千四百公尺的二號營過夜，再隔日視狀況或許再上三營，視狀況再說，計畫永遠趕不上變化。

今早四點起床，捷克隊已經出發了。我也準備妥吊褲、冰鑽、冰斧、釘鞋，五點十五分，天剛曉，氣溫奇寒，雙手雙腳都不聽使喚。跟著索南及王醋機械式的動作，在佛塔前抓起一把米，由左向右繞著石塔走，一邊念念有辭，祈求山神眷顧、平安，一邊把米撒向石塔，石塔邊燃燒著縷縷松煙。

開始往馬納斯鹿出發，大山大水的氣勢，遠遠望見一塊小小的懸崖，走近時，才發現它是一座龐然大物，也許需耗掉我們二、三小時的時間才可能攀上，所謂「書無所不讀[9]，物大有可觀[10]」。

9 韓愈，《韓昌黎全集》下（台北：新文豐，一九七七），第三冊，卷二五「碑誌」，頁七五〈登封縣尉盧殷墓誌〉：「君能為詩，自少至老，可錄傳者，在紙凡千餘篇。無書不讀，然止以資為詩。」

10 蘇東坡，《蘇東坡全集》八（北京：燕山，一九九八），卷七七「記」，頁四三一六〈超然台記〉：「凡物皆有可觀。苟有可觀，皆有可樂，非必怪奇瑋麗者也。」

從四千八百公尺的基地營，然後沿著馬納斯鹿冰河右側邊緣往上攀爬，地形起伏，漸漸上升，越過五千公尺後，身體漸漸感受到空氣減少，須很用力呼吸，才能感覺空氣的存在。經過數小時的攀爬，已經走到懸崖下，這崖上就是馬納斯鹿冰河源頭最穩固的一個地方，攀上去就是五千四百公尺的一營。套上吊褲、攀爬器，穿上釘鞋，開始往上攀，若都是冰雪還好落腳，偏偏半岩半冰。雖不好落腳，經過一個多小時努力奮鬥，攀上了一營。見懸下的克明還在繼續往上攀，好像遊刃有餘，還不時拿起傻瓜相機，到處取景。

在一營看馬納斯鹿山，好似伸手可及，但若真的往上攀，還得要三、五天的時間才有可能登頂，人在山前是那樣的渺小。看見攀越冰河往二營的捷克隊，在冰河裡像極一列黑色螞蟻在浩瀚白雪地上前進。從一營望冰河源頭，彷彿就在頭上，上頭積滿了冰簷，我不曉得自己是否有勇氣在它底下穿梭。在這樣危機重重的自然環境裡，也唯有祈求山神憐憫。

在一營往東望、往北望，一眼望去都是西藏的群峰、雪峰，從谷地上的象神山算起，幾乎都是峰峰相連到天邊的西藏諸山。那帝秋理（七八六一公尺）依偎在馬納斯鹿主峰的旁邊，變成了小山丘。

在一營看馬納斯鹿山，好似伸手可及。

中午以前，我與克明都攀上一營，興奮得就像小孩在魔幻森林無意間爬進糖果屋般。

四月十八日　星期一

在一營，克明量得溫度是零下十一度。昨夜得到通知我們續行二營，但是得到通知後就沒日沒夜大雪，還挾著狂風，吹起細細的冰沙往帳篷裡鑽，只有很短的時間露出絲絲的夜光，看情況不是很樂觀。說好五點出發，四點小明就瞪著眼睛等雪巴送茶水，結果五點多送來了茶及速泡麵，這算是很好的早餐，但也知道今天天氣產生很大的變化。我們都已經著好裝，接近七點就往馬納斯鹿冰河上橫跨，走不到二十分鐘，雪煙四竄，無線電裡普曼告知不要繼續前進。比濕奴在二營遇到狂暴的風雪，已經快支持不住，決定撤往一營，我們也得回一營。

到一營，剛撤掉裝備，索南即告知有風暴，我們須立即撤回基地營。索南的話語甫落，風暴已經來臨，吹得營帳搖搖欲墜，我們又繼續著裝。索南、王醋帶著我們在狂暴雪煙、冰粒飛舞的處境，他大步邁向懸崖邊勾上先頭架設的安全繩索，開始下降，我知道只要降到五千公尺以下，被狂雪襲擊的機會會減少。不顧周遭任何事物，甚麼也不可能看到，只有迷茫的雪煙、冰粒，挾著勁風左右狂掃，我們只沿著繩子，就能安心下降。冰雪被勁風掃進頸項，遇體溫融化，寒冷、酸楚，刮過臉頰的霜雪，不能有任何遐想及如果，只能小心地讓銳利的釘鞋牢牢踏進硬雪裡。不能急躁，須心平氣和讓釘鞋前端突出如兩顆大鋼牙的釘爪踏進冰裡，然後緩緩移動另一腳，一樣機械的動作，不急不緩，我們就能很安全的回到崖下。

小明不知為何忽然福至心靈，改變一種方式下降，我與索南已經離開危險地段。索南不放心克明又回頭望，在風隙中看見小明還在下降，王醋緊跟後，但把韓國隊全堵在危險的懸崖上。一陣雪煙又起，全無人影踪跡。在狂暴雪煙中跟著索南一路狂奔，我看雪地裡毫無路跡可循，但索南却平安地帶我走出四處空隙、裂隙，崎嶇難行的冰磧地形，雖然看不到基地營，我們知道就在附近，心裡踏實多了。等下回好天氣的空隙，再次的高度適應，至於登頂就只能祈天佑了。比濕奴在這樣天氣裡已經建立到三營，實屬不容易，但三至四營、四營以上，各隊卻還沒有討論出共識。印度大軍人數最多，這兩天剛到，至今都還在使用我們建立好的路線，要他參與計畫，姿態擺得很高，待看後面的發展吧！法國隊這一、兩天也會來基地營，最年輕五十三歲，最老六十一歲，另外二位與我伯仲之間，五十六、五十四，我們戲稱老人隊。

小明回到基地營向普曼告狀說我高度適應不良，夜裡不好睡。實際情形是我們在一營時，夜裡六點就開始睡，我的睡眠時間平時都是六小時，睡到凌晨一點就毫無睡意，一會兒拿尿壺小便，一會兒要翻身，可能吵到小明也不得安寧，只好向總指揮普曼告狀，但我知道小明很幽默愛開玩笑，開玩笑的成分居多。

接著比濕奴也衝回基地營，他從二營回一營時，發現我們搭的營帳很牢固，鄰居伊朗隊一營三帳都出問題，一帳被狂風掃下懸崖，兩個帳篷被雪壓偏。比濕奴在天黑前衝回基地營，他的耐力令人佩服。今年四十七歲

在馬納斯鹿冰河探戡的雪巴。

的他，有二次登上馬納斯鹿的紀錄，這次如果能成功，他就保有登馬納斯鹿峰最多次紀錄。比濕奴住在 Thanahu 的 Bandi pur 村落，它位在尼泊爾的中部；有一個兒子，十五歲，平日種田：玉米、蔬菜、馬鈴薯。曾到日本、巴基斯坦旅行。有件事他一直覺得很難忘，就是二〇〇八年五月，他帶著一個七十七歲高齡的尼泊爾人——林巴獨佐曾，攀登聖母峰，結果幸運地登頂成功，並列入金氏紀錄。

四月十九日　星期二

大雪依舊紛飛，毫無停息的樣子。今天跟普曼談到基地營伙食的問題，希望他要求廚房做一些中國食物，昨天我教庫克做家常麵，結果他做出來的是雪巴斯杜綜合麵，就是糊糊的大雜燴湯麵，我還是不死心，希望今天能教會他們，煮碗牛肉麵或蔬菜麵。索南拿出一本馬納斯鹿地區的介紹，有一張圖片說明，這地區二〇〇七年以前旅遊業不斷成長，但是二〇〇八至二〇一〇旅遊業一路下滑，從這份報告可以看出，二〇〇八至二〇一〇的三年間，世界經濟的不景氣也影響了尼泊爾的經濟。

我們的營帳快被雪埋了，小明拿圓鍬努力挖，阿甘密說要幫忙，小明說自己要鍛練身體，自己挖，結果阿甘密把我的營帳從雪地裡挖出來，我很感謝他。昨天說好今天要做家常麵，庫克還在抗拒，普曼請的廚師，自己都無法管理，讓我們覺得遺憾。平日偶而吃吃炸馬鈴薯、爆米花、蝦餅，是可以接受的，若天天吃，就無法忍受了。爆米花、蝦餅都是現成的東西，庫克只要生火、炸炸，就沒事了，讓我感覺二位庫克只做自己熟悉的食物，新的料理竟固執地不想接受，可見這庫克對食物沒有熱忱，只把它當作一種職業。

早上開會，與攀登雪巴達成協議，在馬納斯鹿的一、二營還不會危險，危及生命，小明用何種方式升降，雪巴們沒有意見，但三營以上的攀爬，小明必須聽雪巴的，不得擅自主張用何種方式升降。

中午，索南、普曼、蔚都到廚房報到，因為三位雜役今早全都下山採買，只好自己動手。發現廚房沒有中筋麵粉，只有低筋及玉米粉。大夥一齊揉麵團，索南說低筋麵粉可以做麵疙瘩，十二點三十分做出羊肉麵疙瘩及蔬菜麵疙瘩，大家吃得津津有味。

索南，於二〇〇九年爬聖母峰時就認識他，那時才二十一歲，把我的六一七相機及腳架扛上八千公尺的第四營，後來我在四營耽擱了一天，造成氧氣不足，只得請索南先下山以節省氧氣，索南一天就衝回二營，令我印象深刻。他，今年二十四歲，一九八七年出生於宋庫瓦沙巴（Sonkhuwa Sava），四歲全家搬離，住進加德滿都附近，因為加德滿都有比較多的謀生機會，父親終生務農。索南在高中學會英文，高中畢業後曾當過挑夫，沒有進入登山學校，他大哥也有登山經驗，初期跟大哥學，後來認識普曼就私下跟普曼學。二十一歲就攻上聖母峰，隔年爬上阿瑪當布朗。

四月二十日　星期三

昨夜裡九時大雪紛飛，營帳突然間不停搖晃，原來是拿瑞雪巴怕我們睡得太沉，被雪埋

清理被大雪掩埋的一營帳蓬。

了，未雨綢繆先把我帳上的雪給清了。拿瑞，南鐘村人，與普曼鄰居，各國登山家都說南鐘是雪巴的故鄉。拿瑞在家鄉高中畢業後就到加德滿都讀大學，學政治與經濟，但為了經濟因素去當挑夫，打工導致學業沒有完成，現在正接受登山學校的嚮導訓練。尼泊爾的登山學校最初草創於一九七三年，尼國政府成立國家登山協會，簡稱NMA，開放健行所賺取的費用就用於嚮導的培訓。課程分兩大類：一是基礎課程，其二是嚮導進階課程。初期，進階課程缺少師資，還向南斯拉夫引進。一九八〇年初，南斯拉夫正式協助尼泊爾成立登山學校，接著法國政府也願提供進階教師，二〇〇二年，NMA終於採取嚮導認證制度，每年認證NMIA三名嚮導。由於市場需要大量的嚮導，因而民間也成立了高山嚮導協會，簡稱NMIA。普曼也是該組織的成員，當初NMA與民間NMIA競爭激烈，相互競爭的結果登山學校的課程愈來愈現代化，並獲得國際嚮導認證組織IFMGA認同。接著二〇〇六年，尼泊爾民間又成立了一個尼泊爾國家登山嚮導協會，簡稱NNMGA，它所開的課程也獲得IFMGA的認證。目前，IFMGA的國際認證只承認日本及尼泊爾的嚮導，其他國家都是未獲得認證。

拿瑞的目標希望學會滑雪，他主修英文，會少許德文，曾去過瑞士、德國、法國，喜歡旅遊登山。

今天忽然太陽露臉，各營地隊伍都搬出裝備曝曬。昨天風雪中，又來了一支隊伍，是伊朗二隊，據聞在沙瑪村還有日本隊及法國隊，各隊雪巴呼朋引伴，見到他們難得的笑靨。我也藉機在帳內做了半日的日光浴，小明及蔚整理他們的營地。午後，陽光隱去，午後三時又飄起雪來了，只要不是傾盆而下的雪，若柳絮因風起般，還挺有詩意的。

四月二十一日　星期四

東邊飄雪西邊晴，普曼看我天天望著狂雪的馬納斯鹿興嘆，告訴我氣候的煩惱交給他和比濕奴就好，我只需做好自己的準備即可。昨天下午四點，普曼召集各隊的雪巴負責人開會，終於得到一個圓滿的結果，決議如下：

1. 每隊二十個雪錨、九個螺門、十個勾環，我們是小隊伍，只需兩個螺門。

2. 各隊一千公尺的靜力繩，印度隊人數較多，出一千五百公尺的靜力繩。

3. 第四營架設，各隊出一人，印度隊則出四人，因為印度隊晚到，我們已經架好一、二營的路線，後面各營架設，印度隊須多出人力。

4. 一有問題立即開協調會，再行協調。

普曼很高興這樣的結果。

前些日子在一營，都是索南和王醋燒開水及煮飯給我吃，我很感激。王醋今年三十歲，從小沒有錢受教育，全靠自修。結婚多年，育有子女三人，最小的兒子才三個月大。父親也是高山嚮導，退休後務農。英文的學習程度只在加德滿都受過二個月的短期班訓練，其他全靠自修。王醋說他一生最難忘的一件事，就是二十出頭，第一次登上島峰，登頂那時刻是他最快樂的時光，至今仍無法忘懷。

上午，韓國隊領隊朴洙蘇及隊員李忠漢來訪，希望兩隊能密切合作，相互支援順利登頂，並希望我們把雪巴之間相互連絡的無線碼給他們，他們無線碼也給我們，以保持連繫。普曼平時不會輕易承諾事情，但是承諾

王醋雪巴負責插上路標。

了他就會全力以赴，韓國隊釋出善意對大家都有利。

上午微雪，到了中午雪又大片大片地飄起來，在基地營十來天，幾乎天天大雪，幸運的話會連著二、三天的好天氣，接著是五天左右的大雪，山谷地形特有的天氣形態不得而知。被雪困了數天，閑極無聊，大夥小酌一番，我說「乾杯」，他們說「喳他羅」。喳他羅是尼泊爾語，意思是女人屁股朝天，他們把杯底形容成女人的屁股。普曼說這種乾杯的說法只是男人小圈圈飲酒的用語，餐廳大眾男女聚餐不宜使用喳他羅。

晚餐後，普曼召集工作人員及攀登雪巴開會，我與克明、蔚文只好迴避，早早鑽入營帳入睡。發現雪停了，露出銀白雪山，很是美麗，只是外頭太冷，不然想多看幾眼。

陸 梵天神女歌舞獻唱

四月二十二日　星期五

狂雪一下就是五天，一點都不令人驚訝，我竟然也能若無其事地在帳篷裡窩了五天，只是心裡想找普曼吵架，大概被雪下悶了。大清早起來，發現馬納斯鹿露臉，銀色月亮掛在山邊，微風無雲，想必是快樂的一天。氣象預測，雪會下到二十四號，沒想到老天今天突然大發慈悲，比濕奴、索南都已經在整理上高地營裝備、打包。

一直下雪，大夥都無所事事，四、五千公尺以上的天氣早晚的風向不一樣。上午是山谷裡的風往高處吹，因而一般天氣會比較好，午後是山頂上的風往山谷吹，因而有時候變化較大，但變壞的居多。小明說《登山聖經》[11]也這麼說，可見《登山聖經》涵蓋的範圍很廣，無論結繩、岩攀、冰攀、雪地求生、氣候經驗、急救[12]。

早上各隊的雪巴約好八時連袂一起向一營出發，五天的大雪把原先踏出的路都埋了。今天雪巴勤快地再踏出原來的小徑，一直到下午二點，無線電才通知，比濕奴、索南等已抵一營。我們在一營的營帳只露出雪地三公分，我的六一七及一二〇相機也都埋在雪地裡，經過數小時的挖掘才重

11《登山聖經》，第六部「高山環境」，二三章「高山氣象・谷風和重力風」，頁五九八：「光禿禿的地面或岩石和覆蓋著植物或樹木的土地之間溫度有別，這種溫差可能會產生谷風（valley wind）。地面在白天變熱，接近地表的空氣也因受熱而沿著山谷的一側上升而後在鄰接的頂峰間散開。這種往山上吹的微風時速可達十到十五哩，剛過正午時分的速度最高，太陽下山前不久才會止息。到了晚上，地面冷卻下來，冷空氣於是沿著山坡向下流動，稱為重力風（gravity wind）。這種下坡的風微在午夜之後會達到最高速度，在太陽升起之前才停息。」

12結繩——第二部，岩攀——第三部，冰攀——第四部，雪地求生、急救——第五部，氣候經驗——第六部。

見天日，而且完好無缺。

下午四時二十分，比濕奴等四位雪巴都回到基地營，一營重新恢復，明天我與小明將重新站上一營。

在我們基地營旁的一座高山，天天雪崩，今天心血來潮查看地圖，才知道它是六二一一公尺的高山納奇峰（Naike Peak），而在我們營正對面與西藏邊境的山是肯勇（Khayang，六一六八公尺），每天東出的太陽總是先照亮它。前些日子，在一營望見象神山群峰的左邊高山是司令吉馬（Shring Himal，七一六一公尺），這些都是二十天來天天見面的山。

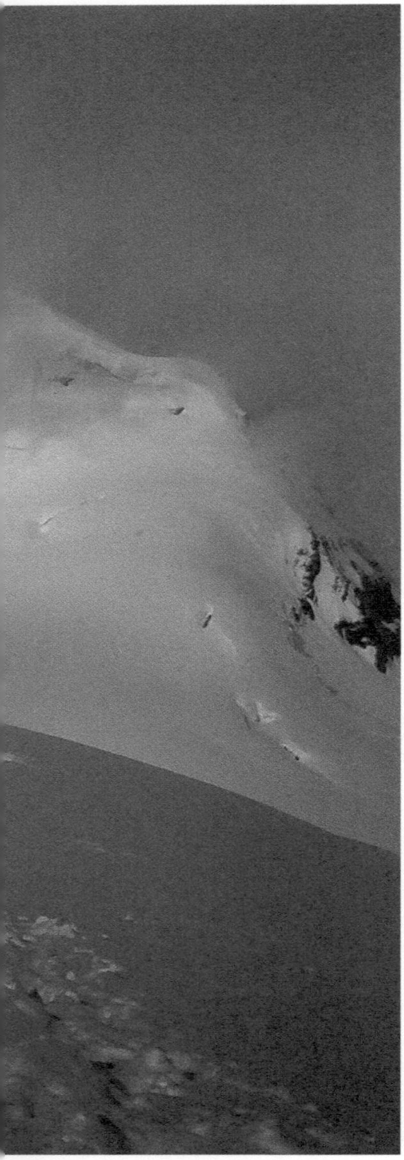

風雪後的一營。

今天基地營更熱鬧了，伊朗二隊的成員全到齊，伊朗成了基地營最大的隊伍，連工作人員接近五十員，其次是印度隊。法國老人隊及日本隊姍姍來遲，今天見到他的先遣人員，是兩隊廚房的工作人員，法國隊就搭在韓國隊與伊朗隊中間，就在我營帳的斜坡上。

比濕奴回到基地營，四個雪巴大概餓壞了，把一鍋飯全吃了。五天大雪埋掉的路，一天就清出來，令人佩服。目前基地營缺水，若拿冰雪融，浪費煤油，天氣漸熱，融冰會讓水源變大，我想一時的缺水應該不是問題。

普曼今天起床笑臉滿面，說是昨夜夢見梵天神女歌舞獻唱，而且是美麗的神女，輕歌妙舞，他說那是好兆頭，小明卻說他一樣夢見美女，只是不好啟齒他夢中內容。我送給比濕奴的酒，庫克拿去喝，普曼也不管，我一直認為庫克跟普曼有親戚關係。

昨天清晨測溫度為零下十六度，今天清晨小明測得零下十三度，可以看出溫度已經在逐漸上升。

四月二十三日　星期六

到目前為止，沒有任何一個隊伍跨到三營，都僅止於二營。本來今天我與小明要去一營，比濕奴怕我們去高地營，雪巴們忙著開通三、四營，而沒有人在高地營照顧我們。他大概注意到，我為拍照取景會去較危險的地方，所以普曼、比濕奴、索南都一直地告誡去危險的地方拍照請先告知一聲，他們可以協助。

捷克隊七名隊員今天有五名隊員去一營，昨天索南回營說，我們一營鄰居捷克隊營帳被雪完全覆蓋，不見踪跡。陽光耀眼，雪光反射，不戴墨鏡無法直視。馬納斯鹿的山腰有一層薄薄的霧雲飄盪，被冰雪覆蓋的冰河也因陽光的照射漸漸露出冰河的本色，猙獰崎嶇。前些日子雜役索羅斯想找一處新的水源，兩天來試探好幾處，始終沒有找到水源，今天普曼把他捉去訓練，由基地營負重食物上一營。

今天普曼自己帶了一組人，有捷克隊的庫克及我們的安夏哇庫克去冰河邊尋找水源，希望他們今天能找到水源以解決缺水之苦。

結果下午揭曉，沒有找到水源，不是融冰，就是走遠路去原先韓國隊發現的水源排隊取水，目前基地營已有一百多人，我看遲早會破二百人。

比濕奴、拿瑞下午返回基地營，明早陪我與小明前往一營。現在氣候狀況都不是很明朗，高地營路線都沒有確立。捷克隊早晨出發，還撂下一句話，這趟出發登頂才回。

晚餐時，普曼一直叮嚀我與小明依決策而行，不得擅自行動，誰狀況不好就必須下撤，還有一至兩次機會，不得躁動。我們再三保證會聽命令行動，現在都答應得很爽快，真的到需要決定或被規定下撤，不曉得我會不會聽比濕奴或普曼的，現在叫我回答，當然是標準答案，一切聽決策者。

傍晚又幽幽地下起雪來，四周的景物陷入迷濛一片，只有鮮明的風馬旗無畏於風雪，依舊飄飄盪盪。晚餐吃得特別長，吃素水餃、豆子、炸馬鈴薯及爆米花。

溫度急驟下降，只好道別交誼帳躲回被窩，回想普曼不斷地叮嚀，難道我與小明真的那麼不守規定嗎？

上午小明發現我們所使用的氧氣瓶，彷彿都是中古的，當初我們就怕節省的普曼會用中古鋼瓶氧氣，故特別跟他訂定契約，須使用全新鋼瓶。

在這個節骨眼，甚麼都不用說，希望順利心想事成。

四月二十四日　星期日

四月十七日我們曾經爬上一營，想繼續往上爬時遇到狂暴的風雪，開始往基地營撤。由於索南的協助，於十八日下午二點撤到基地營。幸好索南帶頭，不然我也回不到營地，前人的足跡被狂風冰雪一捲甚麼也看不到，那是上一個週日，今天剛好也是星期日，我又回到一營。

清晨四點就毫無睡意，開始整理東西，四點三十分雜役送開水來，我就開始著裝。上回是索南與王醋雪巴帶我們，這回換比濕奴及拿瑞雪巴帶我們。早餐後，比濕奴較年長帶著我和小明燒松煙繞著石堆的佛塔，右手捏一把米粒，一部分撥向佛塔，一部分往自己身上撥，祈求這一趟行程的順利。接著我們把登頂都須準備的器材背著，往一營出發。清晨的雪地較硬，需多用些力氣踩，我們一行四人像小丑般左右搖晃，爬上雪坡。被雪困了一週都沒有運動，走了四十分鐘，在還可以看見基地營的雪坡上，坐在背包上休息起來，看樣子也已經接近五千公尺，就好好地休息吧！氣喘吁吁，好久才回過神來，回望基地營像各種五顏六色彩色紙盒，凌亂無章法地放置雪地上，現在的基地營跟我初來時已經大不一樣了。法國隊、日本隊、伊朗二隊都已經進駐基地營。前兩天，還有美國少女走馬納斯鹿基地營，還到我們營地拜訪，普曼出面招待，我與小明都在睡大頭覺，而錯失欣賞美女的機會。

昨天也有捷克女孩拜訪捷克隊，轟炸帶了四名隊員已經上到一營，留下的兩位隊員負責招待，捷克隊庫克手藝佳，做了一大盤的披薩，便宜了我們的雪巴，因為女人們食量小，庫克把多餘的披薩往我們營地送，因為我們是鄰居。上午，捷克二名隊員還趕在我們前面上一營。

太陽愈來愈烈，左邊的冰河上方不時傳來隆隆的雪崩，聲音大得嚇人，雪煙迷濛，陽光下晶晶閃燦。基地營上升至一營，就是從四千七百公尺上升到五千四百公尺，正好上升八百公尺。沿著丘陵般的雪原一路上升，在一營下方六百公尺處，就必須穿上吊褲、釘鞋，接近兩三百公尺處，有一面幾近垂直的地形向上攀，會發現一個平台地，那就是一營。

今天一營熱鬧得很，韓國隊、捷克隊、伊朗隊，還沒有看到印度大軍及日本隊、法國隊。上週，二營的路是開通的，只是一週的大雪，一切都得重來。十一時到達一營，比濕奴、王醋接著就是了解二營的路到底損壞到怎樣的地步。午後二時回到一營，說有一大部分路已遭雪崩掩埋，繩子也不見了，無從找起。一個和尚挑水喝，二個和尚抬水喝，三個和尚沒水喝。攀爬馬納斯鹿現在就遇到三個和尚沒水喝的結果，坐困愁城。風忽然小了，納奇山灰白相間，右邊山谷灰黑一片，好似山雪欲來的感覺，谷間積滿雪。馬納斯鹿卻清清朗朗，雪巴人都在帳外聊天，想必是一個帳須擠四人，乾脆大夥都在帳外，海闊天空地閑聊。

四月二十五日　星期一

原先沒有打算今天就上二營，因為二營的路上回大風雪全埋。沒有想到比濕奴的作法就是且戰且走，也沒想到這招很管用，所有的隊伍，看著我們上二營，全都出發了，無論是伊朗隊、韓國隊、捷克隊，就是不見日本隊及法國隊。原先協調三營、四營的架設方法，不曉得決議是否仍然有效。一路爬升，一整天都在馬納斯鹿冰河裡繞，冰河被擠壓似乎隨時都會斷裂似的，美麗卻充滿危險。若沒有雪巴事前的架繩，我大概也爬不過，因為超過六千公尺，所以行走絕對不能讓自己急促喘氣，若造成急促喘息就有可能引發高山症。

今天向上攀爬了一天，來到一處垂直大斷層，雖只是三、四十公尺垂直。先爬上去的隊伍垂繩下來協助後面的隊員，經過了兩個多小時的協力，所有人都爬上那一個大冰塊。再走一個小時，大冰塊後沿就是我們的二營，看起來不過兩、三百公尺距離，我走了一小時才走到營地。比濕奴他們已挖出被風雪埋了的營帳，又挖了一個平台搭上我們宿營帳。陽光隱去，溫度已到零下十七度，冷得雙手雙腳都不聽使喚，眼看著美景當前，毫無心情欣賞。納奇山就白皚皚的亙在你眼前，清楚看到基地營、一營就設在他的腳邊。比濕奴、王醋安頓一切，二個人喝了一口熱茶，他們連夜下降至一營，準備明天再負氧氣瓶上二營。溫度一直下降，就算他們速度快，至少也要三小時左右方能回到一營，雪巴人

刻苦耐勞的精神讓各國的登山家為之驚奇。

溫度降至零下十九度，睡袋裡呼吸的熱氣會在睡袋口結一層霜。小明今天走得狀況很好，維他命進補計畫彷彿是很有效果。早上我們各吃了一碗韓式辛辣麵，接著就開始往二營走，吃一碗泡麵在高地攀爬一天，我不曉得肚子還有什麼東西可以拿來消化。中途我發現背包裡有一包有機綜合養生果仁，也不曉得那裡來的，打開就吃，喝了點水，終於爬到二營。陽光變弱，又被山給擋了，溫度急劇下降，雙手快凍僵了，兩層手套也擋不住寒意，還好帳篷已全都架好，趕緊拿出睡袋，躲在裡面讓體溫漸漸上升，才能去思考其他問題。

鄰居捷克隊在二營也是鄰居，都是年輕小伙子，使用的裝備自己扛上二營，自己鏟雪建立營地，令人佩服。

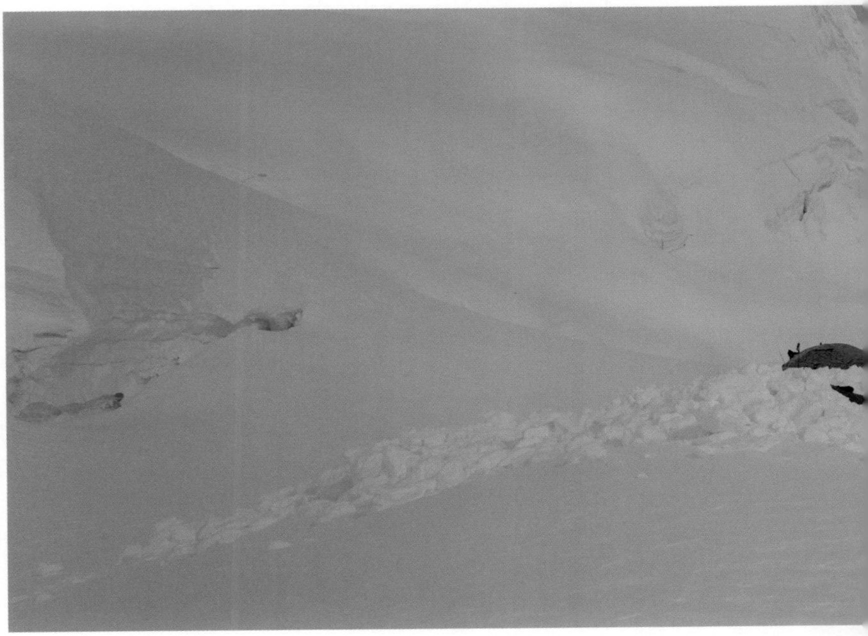

沒想到且戰且走竟順利抵達二營。

柒 冰河上的鑽石

四月二十六日　星期三

總是有許多的意外，早晨拍照拍了一半，拿瑞通知往三營走，做高度適應，下午二時須折回。把東西收一收，雪煙仍四處瀰漫，我們就跟著各隊派出的雪巴後頭往上走。看起來像一座座上坡的雪原，實際它就是馬納斯鹿冰河源頭。各種冰磧地形，千年的源頭，感覺還蠻穩定的。索南隨著各隊雪巴去開路，拿瑞領著我與小明往三營走，小明大約快我五十公尺的距離。早餐吃一頓辛辣麵，今天又得走一天，拿瑞說下午二點是折返時間。雪還是很軟，走起來左右搖擺。因為過六千公尺以上，腳步自然會放慢，氧氣只有平地的二分之一，想快也快不起來。

克明一馬當先，他想先走上三營，看自己的適應能力如何。結果小明說到了接近三營的地方，索南要他折返二營，是索南陪他往回二營。小明好像有用不完的精力，二年前，我與他連袂去登羅伯切山（六一一九公尺），過六千後，小明明顯步伐停駐，而去年小明參加海內外許多冰攀訓練，他常掛在嘴邊一句話就是人會進化的。從他的攀爬經歷來看，人真的是會進化的。捷克隊全上了三營，韓國隊上去了一部分，比濕奴與拿瑞背了裝備往三營去，想必他們兩個明天要參加四營的路線架設。四營以上再協調，老天會不會給時間，不知道。這幾天看來天氣都平和的，後面還有幾天的平和天氣亦不知。最近大夥都擔心，狂暴的風雪會帶來致命的一擊，大家都在夾縫裡過生活。六千公尺以上的地方，天氣特別嚴苛，一般天黑了就睡，也許是睡多了，凌晨一點就醒了，毫無睡意。有時候，白天在走路攀爬又打瞌睡起來，是高度還是其他原因不得而知。

四月二十七日　星期三

要去三營，小明與我都是睡睡醒醒，鄰帳的拿瑞一看我們有動靜，就問說是不是有那裡不舒服，我們都異口同聲說沒問題。大清早我們都是要等到太陽照到營帳才要起床。零下二十度的空氣，眼見都是一重重白皚皚的群峰，只有帳篷是橘紅色加上紅紅的太陽，才覺得爬出帳篷是件快樂的事。我的尿壺與我的水壺一樣的型式，還好顏色不同，可以區分。夜裡不用在零下二十度爬出帳外小便，只要用手把尿壺伸出帳一倒就好，再倒一杯水洗洗，全部過程不用三分鐘。但最近小明堅持不用尿壺，零下二十五度是他的極限，最近看他爬進爬出還挺辛苦的。

今天準備進駐三營，從六千二百公尺的二營要進駐六千九百公尺的三營，再把自己進一步推向極限。小明動作很快，一盞茶的功夫，他已經距離我有一箭之遠，我的策略不算策略，就是六千二百公尺至六千四百公尺盡量維持走二十步然後喘氣到平息為止，再往雪地裡跨出二十步，再喘氣到平息，這是理想。可惜再上升一百公尺，我只能步行十步就開始喘氣三分鐘到五分鐘。我今天還特別卸去部分冰鑽及勾環，好讓自己減重許多。

把握時間在二營拍照。

炙熱陽光在雪地折射再折射，臉被照得滾熱。累了想弓身雙手抵地休息，雙手又冷得直打哆嗦。上升到六千五百公尺以後，我只能跨五步然後喘氣三到五分鐘，再跨出去三步，然後再休息喘氣三分鐘左右。一路緩上，今天上升七百公尺，下午一點我已經爬到接近六千八百公尺的地方，小明已經在冰河源頭斷層處吶喊加油，我只能走二步喘氣三分鐘再走二步。印象中我下午三點才抵達三營，今天走了七、八個小時。再往上，氧氣更少，馬納斯鹿伸手可及。連續六天可以攀爬的好天氣，所有隊伍都傾巢而出。運氣用完了嗎？各隊之間、隊員之間、雪巴之間，你所有的作法都逃不過各隊的眼目，既合縱又連橫。今天比濕奴帶了十二個雪巴開六千九百公尺至七千四百公尺的路，到底有沒有開完成？比濕奴總是給來詢問的人一堆問號。捷克隊安多力亞帶頭衝了五天，今天安多力亞黯然下撤，他說他還年輕還有機會，這一季就此結束。

小明與我明天還想衝向七千五百公尺的四營，比濕奴跟普曼還在研討我們狀況。若論狀況，二營以後小明狀況一直很好，小弟狀況雖差，但還沒有落到不能登頂的地步。看各隊雪巴合作狀況能不能撐到八千公尺以上，靠普曼及比濕奴的智慧，我很難想像沒有任何支援的捷克隊如何登頂，他們一直想盡辦法接近比濕奴瞭解狀況，但又把營地搭遠遠地也不想與任何隊伍有任何交集，比濕奴與普曼都一直隱瞞捷克隊窘狀。

那天從二營往三營走，我只記得我必須攻上馬納斯鹿的頂端，這兒只是六千二百公尺到六千九百公尺，我不能讓自己有點喘，因為一喘就會耗掉很多體力。天氣出奇的好，我們這兩天都走在冰河裡，陽光照著冰河，閃晃晃的，好似到處都充滿著鑽石。

小明昨天試走了二至三營時，我就嚇一大跳，他快走到三營，我只走了一半的路程，我特地加快些腳步，但到頭來一切還是無法成功。小明差一些就抵三營，因約定時間已到，被索南硬趕回二營。

空氣含氧量已經剩下平地的三分之一，當時我與第十五峰登山公司約定，無論如何讓我們有體力登頂，在六千九百公尺的第三營，夜裡盼能提供微量的氧氣，我們需要維持體力，但他們沒有照做，因為誰也說不清楚，我們這次上升至三營，是為登頂亦只是高度適應。

後來得知都有可能，因為所有的氣象資料全在普曼手上，但我也不想機會來了讓它從指縫間流走，我慢了小明將近兩小時，自己都覺得不可思議。他的適應狀況非常良好，比濕奴問小明要不要氧氣，小明拒絕。心想

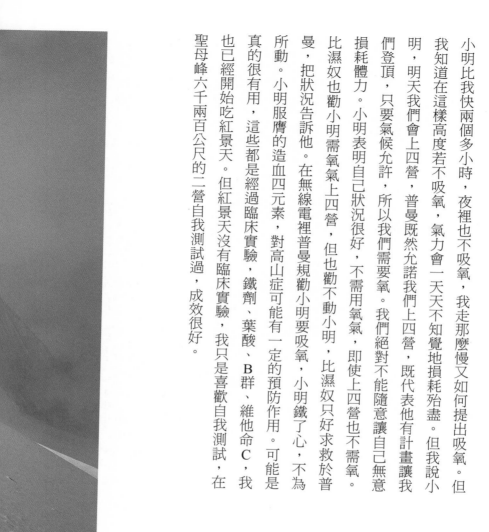

小明比我快兩個多小時，夜裡也不吸氧，我走那麼慢又如何提出吸氧。但我知道在這樣高度若不吸氧，氣力會一天天不知覺地損耗殆盡。但我說小明，明天我們會上四營，普曼既然允諾我們上四營，既代表他有計畫讓我們登頂，只要氣候允許，所以我們需要氧。我們絕對不能隨意讓自己無意損耗體力。小明表明自己狀況很好，不需用氧氣，即使上四營也不需氧。比濕奴也勸小明需氧氣上四營，但也勸不動小明，比濕奴只好求救於普曼，把狀況告訴他。在無線電裡普曼規勸小明要吸氧，小明鐵了心，不為所動。小明服膺的造血四元素，對高山症可能有一定的預防作用。可能是真的很有用，這些都是經過臨床實驗，鐵劑、葉酸、B群、維他命C，我也已經開始吃紅景天。但紅景天沒有臨床實驗，我只是喜歡自我測試，在聖母峰六千兩百公尺的二營自我測試過，成效很好。

三營是馬納斯鹿冰河的最高點。

捌

只有一次機會

四月二十八日　星期四

清晨醒來，覺得運氣很好，一路高度適應，天朗氣清，許多登山家從旁擦身而過，我吸著氧氣一路往上闖。小明原本一馬當先，也許是他身體感覺缺氧，腳步明顯緩慢下來。三營已經是馬納斯鹿冰河的最高點，我們已經爬得比冰河還高，冰河源頭上的小徑既不明顯又幾近垂直，我雖吸著氧氣還是沒小明爬得快，他總在我前面。天清朗得出奇，我告訴小明我們到達四營，天氣還是這麼好，我們就有機會登頂。

三營至四營的路上，伊朗隊分成了三小隊，彼此努力往四營走，心想若真要登頂，可有伴了。伊朗隊是跟我們同時進駐基地營的大隊，企圖心很強，他們隊員之間彼此勉勵、吆喝、充滿信心令人佩服。在普曼跟各隊協調資源運用時，伊朗隊最積極投入，所以比濕奴才有機會與伊朗隊、韓國隊三個隊伍積極開出四營的路，路線一架通，韓國隊就找到去年爬馬納斯鹿失蹤兩位隊員之一朴皇祖，二十七歲。韓國隊士氣大振，馬上聯絡韓國隊的家屬，家屬也飛來加德滿都，以直昇機載運遺體一事，展開協調。

我不停地往上爬。我一直覺得我在爬一座很大的斜冰牆。這是一個冰凍的世界，到處都是冰，其實馬納斯鹿的死亡，百分之八十都在這一塊區域。路上沒有一處可以落腳休息的地方，有一處冰牆露出一個很突兀的東西，爬近一看，意外發現是一個人頭骨，像鳥頭一樣看世間來往男女，攬盡群峰綿綿不絕，身體裹著花布只露出一個頭，比濕奴說那是一個日本人的遺體。馬納斯鹿首登的紀錄是日本人，因而日本人把馬納斯鹿視為是他們的山，就像英國人因首登埃佛勒斯峰就把聖母峰視為自己的山，普曼與比濕奴談到此事總是忿忿不平。

我與小明經過一整天的攀爬，已經接近七千四百公尺的地方，那是沒

與伊朗隊、韓國隊積極開路抵達四營。

有辦法休息、落腳的地方，我們今天已穿上三層靴、釘鞋、吊褲，一路安全勾環確保，我們才爬到這兒，一點也疏忽不得，接近夜裡我們爬進在冰壁邊緣的一頂帳篷，六個大男生都擠在一頂帳篷裡，而且每人都穿著臃腫的連身羽絨衣以抗零下三、四十度的低溫。

比濕奴說吃了趕快睡，普曼通知明天只有一次機會登頂，其他時間天氣會有大變化，機不可失。但小明就在這時候宣佈他來四營已經耗盡所有體力，他不登頂，把大夥嚇一大跳。我不曉得當時在四營的半路上他是否曾想到應該吸氧保持體力，還是他想借這次攀登以測自己的無氧攀登極限。小明確已打破個人七千四百公尺的無氧攀登紀錄，也因此在無形中小明體力消耗太多，沒有餘力繼續八一六三公尺的攀爬，若氣候多延一天好天氣，小明就有機會。但普曼活生生通知我們，只有一次機會，清晨立即出發登頂。

每次到高地營，雪巴都會去找被冰雪覆蓋的舊帳篷，開始挖掘，希望能找到一些瑞士刀、登山器具、衣物等，可拿到山下換取現金。來到四營，風聲颯颯，韓國隊的雪巴眼尖，瞧見埋在雪地裡只露出一角的帳篷，趨前確認，確是韓國隊去年遺留之帳篷。他們找到失蹤一年的隊員朴皇祖，蜷曲僵硬的身體，面目安詳沒有驚恐，扭曲移位的四肢是冰雪覆蓋擠壓所致。冰雪覆蓋再擠壓，再覆蓋再擠壓，冰雪成了透明的冰棺材。沒有怨恨，沒有懷念，雪巴人挖出他的遺體放入屍袋中，我在旁目睹一切過程，心想，要是我，是不願意被移走。或許當時滑落冰牆時，因一時驚慌而大聲吶喊，聲音傳得好遠好遠，有人在夢裡，聽到他無言的歎息。楊奇環滑落更遠、更遠，在某個裂隙裡、某個角落處，數百噸、億噸的冰雪壓住身體，可是自由的靈魂不再將身軀視為負擔。

找到朴皇祖的消息傳遍了韓國，家屬、仰慕者陸續抵加德滿都，馬納斯鹿健行的小徑上絡繹不絕，韓國隊暫時放棄攻頂計畫，依循家屬下一步指示，我們則繼續攻頂。

四月廿九日　星期五

以善觀的淨識契入於神我，便知極樂之境不可以言宣」——《奧義書》頌文。[13]

四營旁的營帳陳跡。

比濕奴領軍，我與拿瑞、索南等四人開始登頂，王醋留下來陪小明。我早已醒了，著好裝也整理好裝備。其實訓練這段期間，我覺得冰斧太重所以一直沒有帶在身邊，現在登頂要用卻沒有冰斧，只得拿了王醋的冰斧。我們四人結成一組繩隊，即所謂阿爾卑斯繩結法。

凌晨三點三十分，爬出帳外出發，滿天冰寒的星光，東面一抹暗粉紅。一面傾斜的冰牆反射著寒光，比濕奴毫不遲疑帶我們踏上這面冰牆。我心裡有些畏怯，因而用釘鞋踢踩的力量就弱了，我們四人連結在一起，任一人跌倒都會連累大家。比濕奴為了安全起見，要索南領軍，他則帶一千公尺的繩子拉著繩頭往上爬。約莫一盞茶的功夫，伊朗隊很有紀律的漸漸趕上我們，但我們也不急，已經在冰牆頂上的比濕奴叫繩隊把每個人的攀爬器全扣在繩子上，冰面再滑也不怕了。有了保障，我們反而放心地用力去踩冰面。我喜歡聽到冰面裂開的聲音，脆脆的，代表我有足夠的力量在冰面上生存。當我爬上一面又一面的冰牆，才想到我鬍子都結冰了，這凌晨的溫度約略零下三十度。

繩隊不是索南領隊就是拿瑞，要不然比濕奴就親自領軍，我們都吸著氧。初昇的陽光溫暖了前進的繩隊，乍看天氣是出奇的好，只是冰坡上偶而會有一陣陣旋起旋落的雪煙。

我覺得好像在一個寒涼隔世的另一個世界攀爬，一個接著一個的冰坡雪崖，比濕奴是那麼的信心十足邁開步伐帶領著我們。最後，在上午十時左右，我看清楚，總共有三組攀爬繩隊，在我們前面的是伊朗隊大軍，捷克二人組則在我們之後。外國人的年紀很難從外表判定，因他們都有大把落腮鬍，我一直以為大家與我年紀不相上下，結果都年輕我二十來歲。

廿八日走了一天，夜裡十二時方入眠，今天凌晨三時就得出發攻頂。不敢確定我在營帳休息的兩個小時是否睡著了，感覺是搖搖晃晃、睡眼惺忪開始了冰牆的攀爬。右腳踩入冰裡，左腳剛抬起來就滑了一跤，才發現兩年來攀爬釘鞋疏於保養，已經生鏽，鈍到須用全身的力量用力踩，才能把釘鞋踢進冰裡。半公里多的冰牆，閃著寒光，三瓦頭燈的亮光，都被吸

---

13 赫塞（Hermann Hesse）著、徐達夫譯，《悉達求道記》（*Siddhortha*，通譯《流浪者之歌》）（台北：志文，一九九三）第一部分，第三章入山苦修，頁三三：「接著，高聞達自言自語地對他自己背誦了一首詩偈——一首引自《奧義書》的頌文：以善觀的淨識契入於神我，便知極樂之境不可以言宣。」

海拔七千四百公尺攝得西藏群峰。

進深寒裡，沒有反射，沒有折射，只有冷冷些微的光源，涼意從腳底升起，浸透全身。記得我穿了六層衣服，兩件排汗衣，兩件中層衣，一件夾克，最後套上連身禦寒衣，但還是感覺自己像沒穿衣服，光著屁股在冰牆上揮著冰斧，胡亂攀爬。我自己老舊的冰斧又醜又重，心裡盤算著正式攻頂時再帶上來，所以在一、二、三、四營來回適應高度時，皆採攀繩模式，誰會料到適應至四營時竟要直接攻頂，而我的冰斧尚安然躺在一營，只得急向王醋求助，他要下山應該用不上冰斧。倘若這次我們六人皆要攻頂，我大概就無處借冰斧而失去攻頂機會。滑倒的不僅我一人，伊朗隊員也是頻頻與大地親吻。

我們四人用阿爾卑斯繩結法聯成一串，四周漆黑一片，攀爬二小時後，在我左側的二個伊朗隊繩隊，與我們並駕齊驅，忽前忽後。東方漸露曙光，皚皚雪山逐漸清晰。就在我以為即將氣絕時，比濕奴忽然停下來，讓我們回頭望，啊！那不是西藏的聖山嗎？第一次親眼見到岡仁波齊峰全貌，以前僅能在圖片中辨識。群峰環繞中，老天故意在中間留一塊聖山的位置，周圍百里的群峰都矮祂一截，方便西藏人轉山了生死。（西藏人認為環繞聖山轉圈子，就可以了生死。）

休息只是片刻，無聲息地大家又開始舉步，覺得胯下雙足非我所有，我似乎已飄在空中，望著可笑的雙腳努力抬起又重重放下。無法思考，無心欣賞，耳裡響徹不像自己發出卻近在眼前的氣息聲，眼前浮現的字眼僅有「前進！提起步伐再前進！」像機械式的輪子，無意識地向前移動，好似自己已經在群山遨遊了好一陣子。

帶著濕氣從南面而來的季風蠢蠢欲動，南部群峰四周雲海洶湧，似萬頃波濤大海。「萬頃波濤鷗境界，九天風露鶴精神」，滕川老師前年寫這聯子給我，我也畫了一幅《老鶴萬里心》以自勉。

走了六小時多，伊朗繩隊已經超越我們。天氣乾冷，連嘴巴裡的唾液彷彿都要被抽乾，上次登聖母峰的經驗告訴我，攻頂時沒時間停下來飲水，地形上也不允許，所以嘴裡需含著一塊八仙果，好讓唾液不停地溢出，不致讓舌頭黏附於上顎。上次登聖母峰時，普曼給我的是薄荷硬糖，這次我自己準備了許多生津止渴的八仙果。走了十小時，已過正午，太陽曬得人昏頭轉向，看隊友黑炭般的臉孔，可想而知自己的面目如何。一個多月都沒有洗澡，現在看來是個正確的選擇，殘餘的油垢等於多一層保護膜，不然一定更慘不忍睹。

嵐風仍不停地吹，我已經力盡，只剩意志力拖著疲憊的身軀。忽然眼睛一亮，帶領著伊朗隊的前面兩位雪巴，在近頂峰處約七十五度的斜坡上，大腳一跺，冰坡竟裂崩凹陷，留下一個大腳印，可充當階梯，讓後頭的兩個伊朗繩隊順階而上，我趕緊叫比濕奴看，比濕奴會心一笑，將步調放慢，我們很有默契地將隊伍移到伊朗繩隊後面，不需再用冰斧砍個老半天才砍出一個踏階，就搭個順風車吧！捷克隊兩人，自出發後就一直在後頭依循我們腳步，現在自然也不例外。回想起來，真真感謝伊朗隊的兩位大力士雪巴，不然揮著冰斧一路砍上，力氣用罄，可能登頂無望。

我們終於看到頂峰的樣子，一層岩石一層冰雪堆疊起來，也有點像杜老爺甜筒。在伊朗大軍還在依靠兩位大力士往頂峰去的時候，比濕奴指給我看，說在雲層中間有一團流竄不穩的氣流浮雲，會造成我們的大災難，他已經觀察很久，爬上主峰沒問題，問題是若一上去就來個狂風暴雪，我們可能就沒有機會下山。比濕奴要求索南及拿瑞先架設好下降的繩子，我們帶了兩、三條動力繩，這下子派上用場。剛搭好繩子，比濕奴說跟他上去，上面就是頂峰。

千辛萬苦終於爬上馬納斯鹿峰，我卻淚流滿面，比濕奴、索南、拿瑞

登頂途中只剩意志力拖著疲憊的身軀。

也熱淚盈眶。三個繩隊的人都上了頂峰，大家高興地大呼大叫，我才望一眼四周綿延不絕的西藏山水及尼泊爾山水。一瞬間，我什麼都看不見，狂風大作，風雪交加溫度下降，我三層手套，三層靴都隔不住風寒，有人已經冷得哭天喊地。我趕緊從背包裡請出媽祖及中華民國國旗賀建國百年，勉強拍了幾張，情勢大亂，伊朗領隊喝住他們，嚮導們互相打氣，發現都是舊識，詢問資源，靜、動力繩也不少，比濕奴已架好了下降繩。

在頂峰待不到二十分鐘，突然狂風大雪，至少我們已經爬上頂峰，若在下層雪坡遇到此氣候，今年我們也都別想登頂。

下降了一個多小時，寒冷讓意識不是很清楚，我一直跟著比濕奴的腳步在走，攀爬了一天，沒有離開我的8字環。我突然大哭，在冰岩上四周白茫茫一片，偶而看見一些忽隱忽現的人群，彷彿是死神戲弄他們。我感覺靈魂已經抽身，看著眼前的一切，也覺得周遭一切，已漸離我遠去。看風雪在眼前颳過，打在臉上、手上也不覺得冷。

比濕奴在下層冰塊見我沒有下降，又爬上來看看我、拍拍我，又查看我的氧氣量，一直告訴我沒問題，看我8字環都與冰結成一塊，幫我打了一個簡易的下降結，也許手套太厚，一直沒有結成，他就脫下手套打結，我發現比濕奴打繩結的大姆指皸裂都透出血絲，我猛然驚覺我也是驚恐人群中一分子，也不曉得我折損了多少時間，只是好想就此停下來，不要再走了，我覺得好累好累，感覺這是前世或來世的攀爬，不應該是今世。索南氧氣用量僅一‧五，所以節約了一半的氧氣，比濕奴拿來給我吸，比濕奴那粗壯的雙手一直擁抱著我像慈父般撫慰我，使我的步伐沒有停下來。我一路上痛哭失聲，我從來沒有闖進這樣廣袤荒漠的奇異世界，還得到雪巴人細心的呵護。每當我們下到驚險路段或穿過險阻，我及三個雪巴會一起抱頭痛哭，會跪在地上祈求山神息怒。

我們已經攀爬接近二十多小時，天暗下來，也不曉得暗了多久，連天空的星星都冷得躲起來，還是自己累得闔著雙眼走路。只記得在冰牆上，與比濕奴一起下降，彷彿還聽得見自己踩碎冰塊的聲音，有力氣踩碎冰塊是件多幸福的事，代表還有餘力撐住身體，也代表我不會摔下冰崖，還能用力地將釘鞋踢進大冰牆裡。終於看到冰坡下的第四營，但是如何回到營地呢？去年韓國隊兩位登山家就是在這裡不見蹤跡。年長楊奇環至今不見蹤跡，年輕朴皇祖的遺體就在這雪牆邊找到。

最後一切都平息了，前方的伊朗隊有一位成員，二十三歲，一步也不

登頂後二十分鐘就颳起狂風大雪。

想再移動，後來是被雪巴人合力垂降運回四營。比濕奴與我一起下降至四營，我想我已經得救了。爬進冰牆腳的帳篷，緩慢得不能再緩慢地脫掉釘鞋，穿著三層靴縮進帳篷，方才在冰牆上尿濕厚褲子的尿液，應該早隨著體熱蒸發得差不多，至少從頸項升上來的熱氣已沒有尿臊味，沉沉地見周公去。記得軍旅生涯的一次師對抗也曾有過這景象，走了一天一夜後，躺在路邊就睡著了，任憑袍澤怎麼叫都叫不醒，好像進入死亡的中陰。

在攀爬過程，尿急最讓人煩惱，其實也不用煩惱，尿在褲子上就好了。在低溫下有一股熱流到處竄，漸漸地冰涼起來，但你不會想承受冰涼，於是本能地加快腳步，讓體溫散掉尿味。

玖

冰坡上失落的靈魂

四月三十日　星期六

在凌晨時分，我們已經鑽進七千四百公尺處的四營帳篷，心想生命至少不會繼續受到摧殘，得到一時的喘息機會。四營是設在冰坡邊緣較平緩的一塊冰坡上，出營帳門也得小心，一滑跤就是粉身碎骨於數千公尺之外。全身痠痛，一個動作須分解成若干小動作，不然是喘息不止，就是咳嗽個不停，正慶幸感受到陽光的熱度，零下二十多度的溫度逐漸上升，但金色的陽光與藍天輕易地就被捲起的雪煙隱去，風速愈來愈強，這會是今年最後的攀爬，該是結束的時候。

再有知覺時，太陽已驅走一大半的冰寒，雖然風依舊冷凜，我們已經可以爬出帳外，看看外頭的雪峰。往南，可以清楚看見安娜普娜峰及我們要回加德滿都須經過的拉雅拉啞口（Larkyla，五一六〇公尺）。想得太遠了，還沒有安全回到四千八百公尺處的基地營，還在想其它有沒有的事，不是太好笑了！

伊朗隊已經在收裝備、拆帳篷，我們忽然都甦醒了，積極趕上他們的進度。我們準備離開七千四百公尺的四營。下降處的右旁，有一埋在雪裡的日本登山家，裹著日本人喜愛的碎花布，露在外頭的頭顱跟雪一樣白，深陷深黑的眼窩，好似望盡人世無盡的蒼桑，忽然高興起來，有這麼一個不怕風雪的日本人在冰牆邊迎接我們。

伊朗隊沿著雪坡，成員分成若干組，準備下撤，我也緊跟在後。忽然，比濕奴停止下降，我恍神間撞上他。此時，我們被聲嘶力竭的呼喚聲給攝住了，原來一位三十八歲伊朗隊員，不小心滑落二十公尺下的冰坡。因地形是聳峭的冰岩，鑽在冰裡的冰鑽、雪錨都無法承受平行拉扯，任何人的失速拉扯，都可能扯下其前後的山友導致大家一同跌向山谷，只能靠

不再動的軀體將其栓在冰壁上。

他自己攀回主繩上。

伊朗隊長及雪巴嚮導聲聲呼喚，聲音充滿了淒楚與無奈。聲嘶力竭的吶喊喚不回這失落的靈魂，他只揮揮手，什麼動作也不做，只望著肆虐的風雪，好像篤定不回家了。大夥看著一個活生生的生命隨著淒涼的呼喚聲，凍死在冰坡上，只是短短的四、五十分鐘，在大自然的肆虐下，人的生命何其脆弱。

據說，凍死是溫暖的，如同睡在母親的懷裡，溫暖極了。怪不得 Isa Mir-Shekari 一直揮手叫我們離開。他是個回教徒，戴著紅色帽子，他說，等將來有機會去麥加朝聖回來，他就可以戴上潔白的帽子，向眾生訴說穆斯林的真義。他討厭他們國家的穆斯林，假借宗教箝制他們的自由，他現在真的自由了，但他的隊友們卻個個哭喪著臉。領隊把 Isa Mir-Shekari 凍僵的屍體拴在冰崖上，此時，誰都沒有力氣做運屍的工作。

人生生離死別令人心碎，就像現在的自己，也只是一塊易碎的冰塊而已。現在的我正是生理、生命與心理意志激戰的時候，生理需求須排尿，心裡與意志告訴我，目前攀爬壁上無處可以排尿，自己可以直接排在褲襠上才不會造成危險。

那年輕伊朗隊員一動也不動了，大夥才珊珊離開。呼嘯的雪颮過冰崖，仍是沒有停息的跡象，漸漸雪煙四處迴旋，四周迷濛湧動，見不到任何伙伴的蹤跡，廣闊的大地彷彿只有我一人獨行，其餘人到那裡去了，都不得而知。天黑前我沿著繩索摸回了三營。

我們已經降到七千三百公尺左右的地方，且暴風即將來臨。普曼以無線電連絡拿瑞，要雪巴們拆回架設在冰崖上的四千公尺動力繩。原來我們昨天回到四營時，普曼就開始跟法國隊及印度隊協調，要把我們辛苦架在危崖上的動、靜力繩賣給他們，我們下山時就不需一路拆繩，但他們大概認為我們沒有能力拆除，就是不想花錢買這些已架設好的繩子，於是普曼要求雪巴們再回頭，把三至四營的確保繩全拆下來。依慣例，這些使用過的繩子，雪巴們可以交責，或交換所得，當做是額外獎金。

拾

為飽滿的氧氣歡呼

五月一日　星期日

昨天夜裡好想如廁，風雪猶未停息。我骨碌碌地爬起來，比濕奴問我：「要做什麼？」我說：「屁屁。」他也起身攙扶我通過日本隊的帳篷，指著某處說：「就在這兒。」我羸弱到連身衣的拉鍊都拉不下來，比濕奴幫我拉下拉鍊，三天來第一次如廁，我的後面就是冰隙。如廁結束，比濕奴一腳就把糞便踢進冰隙，我如釋重負又被攙回六九〇〇公尺的第三營。

爬進營帳，發現肚子很空虛，拿瑞幫忙翻找食物，窸窸窣窣，沒有結果。試想幾天前，我們剛建好三營，同行的捷克隊吵著想盡快建立第四營，食物、高山瓦斯都還沒完全自基地營運送上來，就去建第四營接著就攻頂，各營地當然都缺糧。

只喝了些熱水又沉沉睡去。這幾天，登山裝備都未曾從身上脫下來，但早上醒來，發現昨夜裡，比濕奴為了能讓我有個好眠，羸弱的他竟幫我卸除了三層靴。

前後的日本隊及法國隊還在努力地鏟雪，想建立穩固的第三營。氣溫低得不想鑽出營帳，似睡似醒，手腳彷彿不曾停下來，仍不停地攀爬，手腳好像不想停，好像停了就會僵化，再也無法活動，會凍死在三營，不自覺地想動動四肢。昨天的那一幕還無法從心中移除，為什麼那一點點的距離，就是不願爬上來。

比濕奴不知何因，一吃東西就吐，令人擔心，大概是缺氧造成的。陽光照得讓人眼睛都張不開，但感覺不到陽光的溫度。在營地角落，同我們一起登頂的捷克二人都沒有動靜。

不自覺地爬出營帳，耀眼的陽光有了一點點溫度。慢條斯理地再著上三層靴，還沒有完全脫離險境。拿瑞說，到了二營就有辛辣麵。我們已經順利地爬上世界第八高峰，也成功地下撤到第三營，理當說越來越安全，但是回到第三營後發現，我們原先攀爬上來的冰河路徑因為風雪雪崩而面目全非，全然不是原先的樣貌。

往二營撤，空氣濃稠了許多，已經可以感覺得到空氣在肺部裡悠遊湧動，每個細胞都豎起耳朵，為飽滿的氧氣歡呼。感覺胸前有規律的起伏，是件無比幸福的事，高興得熱淚盈眶。冷冷的空氣涼醒無數沉睡的細胞，在氣管內遊走的快樂心情，我懇切體會，呼出的熱氣是那麼的親切與熟悉。

連走帶爬離開三營，不再受猙獰冰簷的殘害，心頭的一塊巨石終可拋棄，漸漸離開美麗危險的冰河源頭。腦袋放空，僅盯著眼前步伐，度過最後一段危險，待回到二營，再來細細思量。四周無人，只有索南、靜靜地陪著我，王醋、拿瑞拉著三、四營的裝備死命下撤。蒼蒼漠漠的冰雪，寂寥極了，卻又潔白得令人耀眼，原先踏出的蹤跡已了無痕跡。二營的營帳黃澄澄的，露出一角。近亭午，回到二營，拿瑞已經煮好一大鍋辛辣麵。

我的臉頰因為帶著破損的氧氣罩而刮傷，雙頰刮出個大花臉，滲出的血水在臉上結痂。雪巴看著我的花臉，同情地攤開雙手，想幫忙又不知如何入手，只得拿著面速力達母軟膏，在我臉上塗塗抹抹。

因為三營、二營之間的地形起伏不大，二營儲存較多的泡麵，我吃了一大鍋泡麵後，與比濕奴、拿瑞、索南續往一營。這一段須經過雪崩區，先行通過的伊朗隊員在無線電中警告我們，無論如何，須看清楚繩子的另一頭方能下降，並說明連日來雪崩，路已經完全不是原先開的路。

離開二營，索南、拿瑞、比濕奴把四營、三營拆下來的裝備全部繫在身後拖著，遇到斷層就把行李勾在繩上運輸，很有效率，他們吃苦耐勞的精神令人佩服。

經過雪崩區時，迷迷濛濛，如進入迷魂陣，起先我沿著舊有繩子下降，比濕奴覺得不對，我本身也覺得毛毛的，臨時止住而沒有降入冰隙，等到雪煙散去，才知道路已經不存在，須自己重新開路。我退到比濕奴後面，比濕奴拿著手杖重新找路。比濕奴彷彿一夜之間小了一號，瘦得像一根竹竿，在蒼涼寒漠、雜亂的冰磧裡找路，讓人覺得好想哭。他一直要我蹲下身子，不要躁動。時餘，比濕奴標出安全路徑，讓人高興莫名。很順利就接上舊路，來到久違的一營，雜役索羅斯準備了許多食物，拿瑞、索

南也陸續到達，囫圇吞棗地吃完索羅斯為我們準備的食物，他們一個人都吃了三份食物，我也吃了不少。接著繼續回基地營，在雪煙迷濛中離開一營，雖然舊路不復。剩下二百公尺冰岩混合的懸崖，天空開始陰暗下來，雪煙瞬間掩去一切。自己也不敢想像，近十小時的時間，可以從三營連滾帶爬地回到基地營，再一點點就可以做到了。沿著馬納斯鹿冰河邊垂降下懸崖後，心想，這回真的活著回來了。雖然倏忽又來了場小型風暴，索南老神在在，憑他的第六感，沒有誤闖冰河，暗夜來臨前，我們看到雪線邊

登頂成功後冒著大風雪下山。

的基地營。

畢竟一營到基地營地形比較簡單，不會那麼複雜，下午六時，我回到基地營，比濕奴走在我前方，但一抵達基地營，比濕奴就癱軟下來。

五月二日　星期一

在基地營休息了一天，外頭大雪如芝麻球般下個不停，把整個帳篷埋了，我也無動於衷，比濕奴已經無法起床，吃的東西都吐出來，普曼緊張萬分，決定明天派索羅斯護送比濕奴下沙瑪村，讓赤腳醫生先看看到底怎麼回事。我到比濕奴休息的營帳看他，見他瘦得剩下皮包骨，憂心忡忡。

這回高地營食物嚴重不足，氧氣也不夠，倘若克明在四營沒有因體力透支而放棄攻頂，我想不定會有雪巴因氧氣不足而必須下撤。不曉得普曼是否想到這問題。且這回老舊的氧氣罩在臉上刮出一條條傷痕，但為了有氧氣可吸，我忍痛續罩在臉上，一切都隱忍下來。克明下撤時，中途無食物可吃，我登頂後與比濕奴、索南、拿瑞下撤到第四營時，欲煮碗泡麵亦不可得。當初，我看普曼分配食物往高地營送時，就覺得食物不足，不曉得普曼為何看不出來。

今天一直吃東西，一直拉肚子，不曉得是不是因為久未進食，腸胃已適應不良，吃了就拉，吃了一天也拉了一天。傍晚，吃了暮帝納斯，才漸漸恢復正常。

見庫克大魚大肉地吃，他們似乎都沒去想那些食物適合給剛從高山下來的高地雪巴食用，我猜這些庫克是普曼的親戚，普曼也不好管理。

五月三日　星期三

難得的好天氣，雪也停了，比濕奴趁著清朗的天氣趕緊下撤到沙瑪村，希望對他的病情有幫助，至少依經驗法則，下撤絕對有好處。人只要下撤到二千五百公尺以下，就有復元的機會。我則繼續留在基地營奮鬥，二營、一營的裝備尚未運回，還無法下山。今天，索南、拿瑞、王醋須上山取回最後的裝備，如一切順利，今天應該是留在基地營最後一天，明天將下撤到沙瑪村。

傍晚，他們三人陸續扛回一、二營的裝備，王醋精疲力竭回到基地營，索南、拿瑞似乎還遊刃有餘，不斷談笑風生。

韓國隊、伊朗隊中請直昇機準備運送遺體。

一夜無語，明天準備下撤沙瑪村，沙瑪村男、女村民亦會上山來幫助運送行李，屆時又是熱鬧非凡。沙瑪村的挑夫樂天知命，總是笑容盈盈，各戶村民自動賺取屬於他們的收入。

五月四日　星期四

早上起來，得知直昇機將上來載運遺體，向普曼要回Ｖ８想拍攝此景，普曼不知為何跟我大發脾氣，我還是拿回Ｖ８，拍攝韓國隊及伊朗隊遺體運送過程。接著，克明、我與蔚、拿瑞、普曼先下撤沙瑪村，四千公尺以下山林，雪都化了，甚為好走。

好久沒有聞到空氣裡有草香的味道，心情甚為愉快，有時候覺得人生如作夢一般。馬納斯鹿山特有的風仍緊追不捨，時緊時緩。馬納斯鹿山卻隱在虛無飄渺間，沙瑪村有盛開的山櫻花，有茂盛針葉樹林，如台灣山林有圓柏、刺柏。居民都有限度地砍伐針葉林枝枒，少有整棵伐去，故破壞不嚴重。山林間時時點綴犛牛、挑夫、工作人員，讓山林生色不少。菩提河不捨晝夜，在幽谷裡不停地向南方奔流。

下午得知，直昇機只載走韓國隊隊員朴皇祖的遺體，伊朗隊的遺體仍在七千公尺的冰壁上，無從吊掛，須由雪巴人先行運至基地營，方能運送。

在沙瑪村休息幾天，我們會繼續逆菩提河而上。馬納斯鹿基地營健行不是熱門路線，但偶而仍會有健行隊來投宿旅店。

五月五日　星期四

這次政府派在我們隊伍的連絡官是一位女性，今天上午跟我們談了一個多小時並拍照留念。月前在觀光旅遊局首次見面，同事還笑她：「你怎麼可能有辦法走到馬納斯鹿基地營？」但，今天，她已走到沙瑪村，再一天就到達基地營，只是我們都下山了，只餘法國隊還在基地營，她再去基地營的實質意義不大，至於她到底上不上去，端看她對法國隊的興趣了。

連絡官透露法國隊發生意外，法國隊四人夥同雪巴共八人，結成二組繩隊攀登。走在前方的繩隊在三、四營間滑落山谷，第二組繩隊見狀不敢再前進，跟在後頭的印度隊亦停止攀登。起初以為一組繩隊四人全罹難，搜救三日後，只尋得一名雪巴Tashi Sherpa遺體。此時，另一位雪巴露面說明事情經過：先是法國人一人滑落，因事出突然，其餘三人不及反應，連帶被拉扯滑落，僅有最上面一位雪巴以冰斧暫時止住滑落，但一人之力撐不住三人，他被拉扯疼痛不禁大叫，說時遲那時快，只見另一位雪巴拿出刀子割斷繩索，僅留下他一人生還，兩名法國人Bernard Milian、Alain Laurens及一名雪巴均摔落山谷。生還的雪巴自覺愧疚，偷偷離開返回村落。

前幾日，我們在拆三、四營固定繩時，就覺得怪怪的，但我們還是把冰鑽、雪錨全帶下山了，今日問題來了，後來欲登頂的法國隊竟然因沒有確保繩而出了意外。我不殺伯仁，伯仁卻因我而死，心裡很不好受，基地營裡愁雲慘霧，一股低氣壓籠罩。

今天比濕奴、索羅斯、拿瑞將先行離開沙瑪村，為了健康因素得一直往下降。今天的比濕奴比在基地營好多了，拿瑞則是手指凍傷，留下來也無法協助做事，普曼乾脆讓他們三人先行離開。

基地營的裝備今天也會由沙瑪村的挑夫送回沙瑪村，同時回來的有阿甘密、安豆阿、ＬＧ、王醋、索南及所有這次遠征的裝備。普曼下午忙著清點，克明趁著好天氣清洗衣物。

馬納斯鹿山只有清晨短暫顯露她的容貌，今天都在虛無飄渺之間，沙瑪村則是風聲蕭蕭，一派蒼茫，村裡的風馬旗隨風飄揚，窸窸窣窣。失去一名隊員的伊朗隊也住進馬納斯鹿三號旅店。沙瑪村的旅店都稱馬納斯鹿旅店，大家只得以號碼區分旅店的位置。所有的工作人員都住原先的旅店，只有我與克明、蔚及普曼住進三號旅店。

沙瑪村有水力發電廠，但一天只有三、四小時的供電，電力在尼泊爾是很珍貴的。

伊朗隊登頂的隊員談到伊朗國內政府，言穆斯林藉宗教而實施專制，令人痛恨，言國內無民主自由可言。

五月六日　　星期五

今天上午九時就聽到直昇機的聲音，停在沙瑪村接著就飛向基地營，載送伊朗隊死亡的隊員，二十分鐘左右，又回到沙瑪村，村裡的村民及挑夫都跑到直昇機停機坪去默默送行，為往生者祈福送行。當直昇機再次飛行往加德滿都，村民方默默離去，充滿惆悵之情。

陰霾天氣也逐漸清朗起來，好想穿起夏秋的衣服，但很快，天氣又涼起來，坐在庭院裡曬太陽，忽然地，風聲蕭蕭。進旅店，整理裝備，再仔細區分，要直接送往加德滿都及我們要繼續旅行的行李。

在馬納斯鹿三號旅店，伊朗隊員仍由自己的庫克準備食物，我們的庫克早已不見蹤影。下午，旅店熱鬧沸騰，原來是村民挑夫陸續將伊朗隊的裝備自基地營挑回旅店庭院，大家熱鬧分紅，沸沸揚揚如辦嘉年華會一般。

來救難的直昇機。

中餐後，阿甘密想帶著我們去沙瑪村閒逛，我沒有興趣，最後阿甘密帶克明及蔚去。

馬納斯鹿山區氣候非常不穩定，我登頂成功後至今，再也沒有連續三天的好天氣，此次能順利登頂還真是媽祖保祐，不然如按普曼之原先計畫行程，可能會鎩羽而歸。這回普曼設計的高地營食物為何數量如此之少，不得而知。起初，看普曼分配高地營各營的食物量，依我看，都只夠每人一天的量，但高地嚮導扛上高地營時，可能就消耗掉一天的量，然後呢？難道普曼叫高地嚮導待在高地營時不要吃嗎？令人難解。往年攀爬高山，高地食物是關鍵，我都會自行攜帶一些，但因為二〇〇九年登聖母峰時，我帶的高地營食物尚未抵達高地營就被庫克食用光了，所以此次我就沒有很積極準備自己的食物。

午後三時，克明回到旅店，說看到村裡的衛生所急救站，四壁空無一物，只有一名護士小姐，如有人生病則電話聽診，然後等山下送藥上來，若按此程序，急病準死無疑。

回想登頂那日，伊朗隊的領隊指揮若定又力大無比，今天特地找他合照，並請他在我的筆記簿上書寫他的名字 Saeid Karimi。

伊朗隊最後一批行李送回旅店，不知何因，吵成一團，件數符合了，但似乎斤兩有問題，反正總有一方不老實，雙方都由雪巴村民協調，最後伊朗隊答應多出費用才平息紛爭。

我們的行李裝備全數運至沙瑪村，雜役卡達卡奉普曼要求下山雇請騾隊，已經五天尚未返回沙瑪村。

不幸喪生的伊朗隊員遺體運離山區，其餘隊員心情逐漸恢復，傍晚，聚集旅店打牌消遣。

沙瑪村上午金色陽光偶而照臨，午後一片陰陰沉沉，偶而飄落細雨。

五月七日　星期六

我們離開沙瑪村往北走到山都。中餐後，高度越走越高，今天起，隊伍分成兩隊，一隊主要運送攀爬器材往加德滿都，由王醋帶隊。安豆阿庫克、阿甘密也成了病號，取水取到肩膀拉傷，還有腸胃不適，他們往南走，往下降，三、四天就能走到阿魯卡特；我們這一隊有克明、普曼、蔚、索南、ＬＧ及我，上午往北走，下午則轉向西北。我們在山都午炊後，就一路爬升，下午四點五十分走到達賴撒拉（Dharamsala）。晚上我與克明睡九號房，看起來像牢房，距離我們要穿越的啞口拉雅拉，還有五、六個小時的行程。

達賴撒拉毫無人煙，有二、三人家在荒山野地經營像牢房的旅店，乍看之下很像黑店。

五月八日　星期日

凌晨三點十五分起床，四點卅分從達賴撒拉穿過拉雅拉啞口，高度五千一百六十公尺，上午十時正式穿過啞口。事前曾知會普曼我想拍冰河裂隙，他沒有正式拒絕，總是虛晃一招，然後不了了之。我們今天走了七、八個小時來到比善（Bimthang），像世外桃源。在冰河的尾端出現一塊有數公頃大的大草原，油綠綠的。自韓國來健行的隊伍，住宿帳就搭在大草原上，二隻年邁的騾也悠哉悠哉在草原漫步。在比善可望得見馬納斯鹿第四營的登頂路線，歷歷在目。

有近一個月的時間吃不到綠色蔬菜，今天在比善吃到了，我猜這蔬菜

拉雅拉啞口。

應該也是下游河谷生產再往上運，這兒高度有三千七百公尺，若生產蔬菜，應該也只能生產青江菜。明天，我們將沿著馬堤蒂河一路往下游走，一直走到可以通車的地方，就坐車回加德滿都。

我們今天住的民宿沒有廁所，後山就是天然如廁的地方。明天起，我們要往西北穿過啞口，現在將繼續南行。

明天得換一批挑夫，啞口前雇請的挑夫明天就要回家，普曼須重新雇請挑夫，普曼也不曉得跑那兒去找新挑夫，天都快黑了，還沒回到比善。現在都沒辦法預估一天要走多遠，氣候、挑夫都可能影響行程。

拾壹 柳堤送別

五月九日　星期一

在比善心血來潮租了一匹馬，危險下坡路段不敢騎，較緩降坡就上馬騎一段。一路開始下降，從三千七百公尺下降到達賴奔尼（Dharapani，一九六三公尺），下降高度近一千八百多公尺，下降高度驚人。今天落差近二千公尺，一天走完，讓人無法想像。有時候馬裹足不前，嘶嘶噴氣，主人皮鞭、石塊，恫嚇之聲不絕於耳。出發前，主人一家大小、鄰居都出來踐行，送哈達、行前酒，有點像柳堤送別，正正式式、風風光光送家裡的老馬老主人，久未遠行，終於成行的感覺。

當初攀馬納斯鹿簽約時，我與克明就要求無論攀爬是否成功，回沙瑪村後不會循原路返加德滿都，而是往反方向兜另一邊，即自沙瑪村繼續往西北方向到比善，一路南下，會與安娜普娜東路線交會。結果，普曼口頭答應卻沒有事先規畫，我與克明堅持原先計畫，於是我們穿過啞口，然後沿著馬堤蒂河南下回加德滿都，馬堤蒂河與杜河一般，河水如牛奶般呈現乳白色。

向藏族夜宿人家租借兩匹馬，一隻較年輕的載運行李，較老的白馬則讓我騎，在山區小徑騎馬，左手須抓住套過馬尾巴的皮套，右手則抓住馬脖上穿過馬鞍的皮繩以達平衡，在崎嶇上下落差很大的地形前進，仍能達到平衡，不至於馬前失蹄。

我們為了趕路，經過好幾個美麗的地方，都沒有停下來仔細欣賞當地民俗風情。經過佳（Gaa）以後，彷彿已經離開了藏族文化特色的最後一站，脫離二〇〇〇公尺以上文化的特色。接著出現印度教婦女的打扮，最明顯的是鼻子左邊有穿鼻環，戴金銀飾物。到達達賴奔尼，是一個較大的小鎮，設有管制站，且有賣雞肉。克明晚餐點了雞肉，他說明天早餐他還要點雞肉，我若沒有吃素食，也會跟克明一樣，不斷地點雞肉。

五月十日　星期二

昨天一路跋山涉水，沿途風景變化很大，從高寒氣候地形進入如春的區域，尼泊爾國花杜鵑花盛開，大紅、粉紅，沿途處處綠草如茵，可愛的綿羊到處遊蕩。漸漸地進入較炎熱地區，實際高度才一千六百公尺左右，陡降了二千多公尺，氣候的變化，令人驚訝。

到達達賴奔尼以後，發現懸崖山谷上的道路如火如荼地展開架設，今天出門進入山谷，因工程爆破而耽擱一段時間。他們的道路建設方法都是用爆破，因為馬提蒂河兩岸都是亮晶晶的岩石，克明說那代表含有鐵礦。這些堅硬的岩石，好似整個山谷都是這樣的結構，從山裡走出不覺得如何，但走出來後再回首望來時路，發現我們竟是從崇山峻嶺中，這樣一步一步的走下來，回頭看這些崇山峻嶺，很難想像我們在裡面游轉很多天才出來。

他們山谷地區的道路建設跟我們早期的中橫道路建設一樣，就像花蓮太魯閣地區的道路，完全靠人力一斧一斧挖掘出來，人力鑽孔、爆破。我早年在工兵單位打坑道，在花崗岩壁琢道路完全是一樣，看他們的道路建設，可以重新體驗當初榮民的犧牲奉獻精神。

中午走到塔（Tal），塔是一個峽谷口的沖積平原，走出峽谷豁然開朗，出現一個很大的村落。一個月來，走過的都是窮鄉僻壤，要不就是闃無人煙，忽然來到這村落，覺得熱鬧，但仔細瞧瞧，也只是一條龍的建設方式，進出村落都是一路通到底，街也是路，路也是街，一不小心就走出村子還不自知。但這兒有小販，月餘來沒吃過的蔬果，它可有賣，我買了三斤蕃茄，與克明生吃了一斤，餘拿來蕃茄炒蛋，還買了山苦瓜，商請旅店廚房把它烹調得色香味具全，四十七天的山中歲月，最令人難

經過佳以後，開始出現印度教的村落。

忘的一餐，尼泊爾山區最具特色的一家旅店。

索南一週來幫我扛相機，不厭其煩地把相機搬進搬出，甚為感激，今天特地買二瓶尼泊爾國產啤酒請他喝，酒精濃度百分之八，Tuburt牌，是尼泊爾常見的一種啤酒。還有一種常見的藥酒，Rum，名稱是小甜酒，實際是藥酒，味道與台灣的雙鹿五加皮藥酒相近。

來到塔，最美麗的地方是村邊外側的溪河，川流不息，充滿了動感，但也是馬堤蒂河最平緩的一段，河面也寬，故在村內聽不到流水聲，一定得到村外才聽得到。回望峽谷的來時路，仍可以看得到雪山，雪嶺彷彿在天上那樣高，這種雪山視覺經驗是從來沒有的。空氣中瀰漫著草香、花香與食物的香氣，空氣清涼又濃濃郁郁。村邊靠山的那一邊，聳立數座看不見頂的石塊結構的山，若把這村落後山當做攀岩場來經營，相信各國的攀岩高手都會想來一試身手，塔真是個美麗地方。

續行，來到天鵝村，這是今晚落腳的地方。今天是一個多月來第一次洗澡，洗得真是不亦樂乎，臉上的傷已開始結疤脫落，這個傷就是普曼為省錢去租劣質的氧氣面罩造成之後果，下次再爬八千公尺以上的山，我要自己去買一個合適的新氧氣面罩，這是一件很重要的事，免得像此次變成大花臉。

一週走來，發現ＬＧ庫克隨時都有東西可以吃，可見他偷藏了不少食物。

五月十一日　星期三

從天鵝出發，一路下行。天鵝的高度一千七百公尺，是一個古老的村落，我們住在和平旅店，店家有三個美麗的女兒，獨當一面，廚房端出的食物非常可口，蔬菜、炒飯，內容有蕃茄、四季豆、花椰菜，色香味俱全。庭院的薔薇開得大如斗，這兒的高度適合草木生長，更適合人居住。

七點多早餐後，我們又開始長途跋涉。加德滿都大罷市，可是我們還是想早點趕回加德滿都，不然，甚麼事情也辦不了。

天鵝到塔給（Tagat），距離不遠，一個多小時的路程，卻下降四百多公尺，一路陡下，塔給只剩一千三百多公尺，已經感覺暑氣逼人。在塔給與蘇恩（Syange）間，普曼雇到越野車，上車開始崎嶇顛簸之旅。老舊的越野車每開一段，駕駛就必須下車修車，在修車的時候，就有人會偷偷爬上車頂，因為坐在車頂上，車資較低廉，只需兩百盧比。車頂的人，上上下下，駕駛一邊罵，一邊收錢，一邊修車，也完成這趟近百公里的路程。

我們來到一個煙塵迷漫的山城 Beesisahar，是這塊區域的交通轉運站，即俗稱的巴士轉運站，不論通往何處，都是土路，其實一路走來，有路就算不錯了，不要連路都沒有。轉運站有些店家想做生意，但礙於大罷市，不能大喇喇地開門迎賓，只好關起門來，生意照做。駕駛想要凌晨時分再進入加德滿都，所以車來了，卻枯等二小時後，六點開車，凌晨進入加德滿都。

在店家買了一份餐點，蔬菜飯，咖哩蔬菜飯。做得很精緻，香料也適中，吃了很愉悅的一餐，小明點雞肉，也說料理得好吃。

復古生活。

拾貳

衣食足則知榮辱

五月十二日　星期四

頭髮太長，欲儘快把一頭雞窩頭做個處理，記得二〇〇九年登山回加德滿都也是一頭數月未整理的鬍子與亂髮，普曼帶我去巷口的印度阿三理髮店整理。今年，我依樣畫葫蘆來到同一家店，只是這回我單槍匹馬。

同樣的印度阿三，慢條斯理地幫我修剪頭髮，最後又幫我擦上某種液體，味道很像明星花露水，擦了又擦，頭皮都快被擦破了。接著，開始幫我按摩，我告訴他不用按摩，是我的肢體語言表達能力太差，還是他有強迫症，因為他視若無睹，仍然依循他自己的既定程序緩慢進行。我看他徒弟已經幫四個客人理好髮離去，而我的理髮儀式還在持續，最後步驟總算來到鬍子，前前後後整治了兩個小時，把我的臉洗了又洗，弄得我好不耐煩，好想拔腿就跑。好不容易見他歇手，給了一千盧比就要閃人，他拉住我又要了一千盧比，也就是說，此次理髮整整花了我一千台幣，印象中，我理髮從沒超過二百五十元，又一次見識到尼泊爾的漫天要價。在尼泊爾，不論是購物或做任何事，都必須先問清價錢，免得後患無窮。記得前年與克明在尼泊爾街上，想坐坐人力車享受異國風光，言明去杜巴廣場後上車，偏偏人力車聽而不聞，逕自載到某不知名地點再漫天要價，最後只得中途下車，避免被繼續敲詐。

窮的國家，要人民維持一定的風度，實在是很不容易的一件事，所以《管子》嘗言：「倉廩實則知禮節，衣食足則知榮辱。」[14]太有道理了，生活都過不下去，不盜才奇怪。所以來加德滿都消費得很小心，不然可能會惹來一肚子氣。

閒居的加德滿都男人。

五月十三日　星期五

加德滿都還是大罷市，但我們總得要吃飯，不想在塔美街的沙堤旅店吃簡餐。與克明沿著塔美街一路往南走，來到前日光臨的嘉麟閣中國餐廳，上次我們點魚，東西不難吃，但每份要價五、六百盧比，因而我們繼續往南走，遇到一家新開的中國餐廳，店名「重慶味」，剛開張二、三個月，我們點了二盤蔬菜、二盤肉醬炒茄子、乾煸四季豆、魚還有麻辣牛肉，我與小明各取所需。做的中國菜道地又好吃，價錢亦平民化，色、香、味具全，真是太好了，而且米飯的品質亦不差，口感滿像台灣的蓬萊米。菜吃不完，我們要求打包，又要了二碗白飯，老闆娘給了四碗，我們預計晚餐不用出門也有得吃。雖然大罷市，但重慶味照常營業，中國人強勢，不隨當地政黨起舞，是中國人的另一項特色。

14 管子著、姜濤注，《管子新注》（濟南齊魯書社，二〇〇九）〈牧民第一〉，頁一：「凡有地牧民者，務在四時，守在倉廩。國多財則遠者來，地闢舉則民留處；倉廩實則知禮節，衣食則知榮辱。」

飯店門口張貼一張海報，世界第一位從大陸北壁登上聖母峰的印度少女，今晚也入住沙堤，飯店藉機廣為宣傳，與有榮焉。

清早，普曼來到旅店，先說明比濕奴的病情檢查情況良好，然後檢討這回攀爬缺失。普曼與高地嚮導先予溝通，再與我們用英文傳達，受限於語言，無法盡達辭意，再加上攀登過程變化太多，所以各有說法，只能說不盡如意，差強尚可。

其實最大問題是高地營食物明顯不足，普曼解釋這次登頂活動是機運使然，因為尚未完成所有高地營佈署，營帳尚不足，食物亦未運送完整。行程應該是僅做四營高度適應，而我們抵四營時，留在沙瑪村負責觀察衛星氣象的普曼發現，將有一整天的好天氣，再來又將陷入暴風雪狀態，才會建議是否試試把握登頂機會，因為今年氣候變化多端，太難掌控下次登頂時機。所以大家才會在缺東少西的狀態下，拚了命一鼓作氣就登頂了。

五月十四日　星期六

尼泊爾的公務人員一週休一天，就是星期六，其它時間皆照常上班，跟回教國家一樣，都是休週六。今晚馬納斯鹿連絡官請我們去她家用餐，小明、普曼與我三人赴約，菜鹹得招架不住，又辣又鹹實難下嚥，重口味是尼泊爾的食物特色。加德滿都地區還有一樣特色：一、兩個巷弄街衢就有一座小廟或神龕，前面都設有銅鈴，經過的人先搖銅鈴再進小廟頂禮膜拜一番，也有方便行事，經過銅鈴雙手合掌禮拜或頷首即可，也有婦女特地準備鮮花、水果進小廟行禮。

今天公部門休假，商家都有開門。回到加德滿都三天，幾乎天天罷市，今天是勞工團體，聽說明天也是大罷市，罷市的是大貨車駕駛再串聯其它團體，要大罷市二天。看樣子，若繼續這樣輪番上陣罷市，加德滿都真的居不得，趁早離開為妙。

五月十五日　　星期日

無意間在譚美區遇見比濕奴嚇一大跳，比濕奴瘦得跟猴子一樣，比起登山前判若兩人。問他，醫院檢查結果如何，他說沒問題，但還在吃藥治療中。語言限制讓對話不能完全傳達意思，但我與小明看法一致，他會瘦成這個模樣，只有二個原因，就是在高地營時缺氧，他罹患某種程度高山症，另一原因是那段時間食物不足，我看見比濕奴每天幾乎只喝一到二碗的湯，然後就不停地工作，寬廣的身材足足削去一半，一下子小了一號。

近亭午，與小明去中國南方航空劃機位，我們原訂機票是六月十日回台灣，現想改日期提早到五月十八日，須先補繳六十美元的改期費。當初購買機票時，多方比價，發現中國南方航空較便宜，可省七千元台幣左右，但東補西添的，加上白雲機場飛台灣的班機幾乎天天客滿，想改個日期比登天還難。工作人員說，尼泊爾至白雲機場機位沒問題，現在須候補白雲飛台灣的機位，有太多的不確定，讓我與小明無法安心計畫下一步行程，除了等待還是等待。得了一個結論，下回再到尼泊爾登山，別再給自己找麻煩由白雲機場轉機了，寧可選擇貴一些的香港或曼谷轉機。

這一段時間加德滿都因政治問題而大罷工，初期，只有少數一、二家商家開門營業，鬧到今日，只剩下少數幾家未開店營業，民以食為天，政黨再大也擺一邊，顧自家生活還是比較重要。中國人的勤奮是有名的，在塔美街重慶味中國小餐廳，天天正常營業，沒有假日，又好吃又便宜，可樂一瓶三十盧比，是小明與我在加德滿都買到最便宜的可樂，我們住的沙加德滿都古廟。

堤旅店附近一家雜貨舖，昨天小明去買一罐可樂四十五盧比，今天再去買，老闆開口要六十五盧比，礦泉水也由二十元變成三十元，把小明氣得啥也沒買就回旅店。前幾天，我去買紀念品喀爾喀彎刀，店家開口一把十五美元，我下殺五美元，希望十美元成交，店家猛搖頭，我們走人，店家趕緊就同意了；一把鹿角小彎刀開價五十六美元，我殺到二十美元，也是走人時店家就賣了，由這些事件看出，在尼泊爾對折價才是真實的價格，想要買不二價商品有二個地方：一是超市大賣場，二是名牌專賣店，像The North Face、Mountain Hardwear就有不二價商品。今天在重慶味吃了紅燒牛肉、涼拌苦瓜、紅燒豆腐，前幾天還吃過麻辣牛肉、西紅柿蛋花湯、家常豆腐、乾煸四季豆、素三鮮湯、乾煸苦瓜。在加德滿都有重慶味這種中國餐廳，對我真是一大福音，記得二〇〇七年來尼泊爾EBC健行時，也有一家讓我懷念不已的「金牛」中國餐廳，二〇〇九年不知為何就關門大吉了。

五月十六日　星期一

原先計畫好要去加德滿都的周邊鄉下，辦一場別開生面的慶功宴。誰知，普曼臨時宣稱簡單辦理即可，隨意在加德滿都找家餐廳吃飯就好了。在此地，人生地不熟，言語又不通，只得隨普曼的意思，雖然慶功宴是由我與小明出資，但聯絡卻得全靠他。我猜，會有這麼大的轉變，應該是普曼與攀登雪巴間有些嫌隙，否則辦慶功宴對公司亦有些小收入，何樂不為。不過，其中之轉折細節我都不得而知。本來想藉慶功宴在鄉下宰牛、宰羊，我亦可趁機將馬祖酒品上桌拍些照片，既可打牙祭又有宣傳效果，一切都不如人願。

既然決定只是要任意找餐廳，我與小明都建議選擇已熟悉的重慶味，好吃也不會漫天要價。就這樣，草率中辦完慶功宴。宴中，果然如我想像，雜役索羅斯居然對攀登雪巴大小聲起來，比濕奴、拿瑞氣得要命，我一句也聽不懂，只能趕緊當和事佬勸開他們。據我側面瞭解，索羅斯是普曼的遠房親戚，普曼有意訓練栽培他，此次特意叫他來當雜役，但登山途中他因不服比濕奴指揮，登上一營後就被趕回基地營，沒再陪我們上行。

今天唯一收穫是又找到一家價格公道的小超市，就在塔美街與新皇宮路口，很舊的一家超市。前幾日去聯絡官家作客，在路邊小舖買一瓶法國白葡萄酒做伴手禮，據老闆說已是打折價，仍花了近千元盧比，在這間小超市標價卻只有七百多盧比，來回差價也有二百多，在尼泊爾購物真的得貨比三家不吃虧。

與普曼約好隔日帶我們去ＵＰＳ寄部分行李回台灣，記得當時搭機離開台灣時，就因行李超重，補費用已足夠再買一張機票了。

上午九時左右抵ＵＰＳ辦事處，共四名工作人員協助我們裝箱，共計三箱，卻花了一整上午的時間，尼泊爾的工作效率由此得知。接著，中午十二時帶著總算包裝好的三紙箱進入ＵＰＳ公司算運費，我的紙箱有二只，約重三十三公斤，需運費四百零六元美金，心中暗自盤算，似乎也沒比行李超重費便宜多少，但至少搭機時手可以空些。正掏錢時，工作人員又開口跟我要紙箱的錢，一只紙箱竟開價一千盧比，我瞠目結舌地不知所以，差點國罵出口，硬生生吞回去。在ＵＰＳ辦公室又耗去我一個多小時，踏出ＵＰＳ大門已近下午二時。

尼泊爾工作機會不多，工資又低廉，一天工資不到台幣一百元，約七十元左右。像重慶味中國餐廳給的工資算較高，也不過台幣一百多元。所以大部分年輕人願意當挑夫，雖然很辛苦，但相對工資高出很多。ABC或EBC健行挑夫，一天工資是十二美金還另有小費可領。或許是因為工資低廉，工作效率差得令人乍舌。

明天晚上十一點將在特立不凡機場搭中國南方航空，先抵廣州白雲機場，再飛回台灣桃園機場。每次來尼泊爾總是如此大費周章，何時才有台灣直飛尼泊爾航班，那可就方便多了。

終點後記

今天是佛誕節，尼泊爾公務機關學校都放假。有些團體把加德滿都主要道路都封了，為了舉辦活動：有釋迦摩尼的生平畫展、圖片展等各種演講活動。普曼帶著太太、小孩，全家到沙堤旅店跟我們話別，並希望明年我們還會來尼泊爾爬山。我與小明作東，請普曼全家到重慶味用餐，然後又續攤到沙堤餐廳喝果汁閒聊。

搭機前一日，阿甘密搭計程車來沙堤旅店跟我道別。阿甘密是二〇〇八年到尼泊爾攀阿嬤到不了（Ama Dablam）認識的挑夫，相當年輕，今年才十九歲，體力很好，留下深刻印象。前一段時間用email聯絡上，我特意寫信希望普曼找他來參加此次遠征，普曼讓他當廚工。問阿甘密，普曼這次給他的待遇，一天才一百二十五元台幣，比挑夫待遇還少，挑夫一天還有三百五十元台幣（不含三餐）。阿甘密說他應該不會再跟普曼合作，因為他覺得普曼的脾氣起伏太大，他消受不了。二個月後，阿甘密將去接受登山學校基礎訓練三個月，學費是五千盧比，就是台幣兩千五百元，他說普曼建議的登山學校學費貴上一倍，王醋介紹他到這間收費較便宜的學校。時餘，阿甘密坐車離去。

比濕奴、索南、拿瑞說要來沙堤道別，仍不見蹤影，在加德滿都沒留電話，不好連絡。開始打包行李，媽祖也安置好在祂的位置，晚上要搭機離開尼泊爾了，普曼說傍晚就會來接我們去機場。

當初來尼泊爾是購買中國南方航空來回機票，經廣州白雲機場轉機，機位也都事先確認，沒想到提早完成登山活動，想早日返台卻機位一票難求。等候多日，好不容易已提昇到後補第九位。青仔幾乎天天打電話來要我確認返台時間，因為馬祖鄉親們要來接機，可是談何容易，航空公司說尼泊爾到白雲機場機位確認沒問題，至於白雲機場到台灣的機位就得自求多福了。青仔傳達此訊息給連江縣政府，觀光局承辦人用盡心機想辦法，終於在十八日早上與青仔連絡，告知已幫忙協調確認好回台機位。連江縣縣長楊綏生正帶團參訪大陸，因我而取消明日行程趕回台灣，他們將會比我早半小時抵達桃園機場，與馬祖鄉親會合，屆時大家都會在桃園機場接機，也會有個小小歡迎儀式。聽及此，心中澎湃竟有些近鄉情怯，聖母峰和馬納斯鹿峰登頂的心願得以完成，幕後最大推手就是一路相挺的馬祖鄉親們了。

感謝

楊綏生縣長、潘建國、李金梅、曹爾元、石人文、
劉瓊芳、李金龍、黃瑞南、黃岳彬、李萬章、
陳浚沂、陳山居、劉潤南、曹爾忠、邱金寶、
朱金寶、林淑珠、劉羽茵、曹昇華、陳春平、
林木官、吳純青、侯宗惠、黃旭揚、陳評同、
鍾文華、謝明樺、呂漢岳、林奎嫚、黃瑞和、
唐岳聖、江季翰、李致寬、賴慧典、陳信煜、
蘇玉卿、徐繼周、陳碧琴、李冰丹、王定中、
周士雍、黃揚俊、鄭榮文、朱梅菲、黃詩雯、
石廷亦、連江縣政府、馬祖酒廠、七茂金屬、
大漢廣告、山之峰登山之家、桃園登山運動協會、
維京山屋、荒野保護協會嘉義分會、
嘉義市諸羅山登山協會、笙華中醫診所、
博群牙醫診所、梅嶺美術館

二〇一一年馬祖馬納斯鹿遠征隊募款明細表

捐贈人（公司）	款項	備註
連江縣政府觀光局	940000元	
馬祖酒廠	500000元	
連江縣政府教育局	100000元	
連江縣縣長 楊綏生	100000元	
秘書長 劉羽茵	20000元	
台南府城扶輪社 羅燦博	50000元	
七茂金屬公司 張恩宗	120000元	
張文燈	5000元	
廣達電腦登山社	5000元	
王智永	1000元	
青山野營社		製作馬納斯鹿紀念服【夏季】350元*143件
鍾文華	3000元	
林豐山	10000元	
吳東宴	12000元	
彭碧岳	100000元	
博群牙醫診所	20000元	
山之峰登山之家	100000元	
李金梅、張麗卿、林淑珠、陳春平、林木官、馬福官、林國宏	各20000元	
朱金寶	20000元	
陳小鯨	10000元	
吳純青中醫診所	50000元	
馬港社區發展協會	20000元	
李亨玉	50000元	

十四頂峰暨登頂者資料

山峰	高度（公尺）	位置	首次被登頂日期 首次登頂者名稱
珠穆朗瑪峰 Everest	8850	中國／尼泊爾	1953年5月29日 艾德蒙希拉瑞 和丹增諾杰
喬戈里峰 K2	8611	中國／巴基斯坦	1954年7月31日 Achille Compagnoni和 Lino Lacedelli
干城章嘉峰 Kanchenjunga	8586	印度／尼泊爾	1955年5月25日 George Band和Joe Brown
洛子峰 Lhotse	8516	中國／尼泊爾	1956年5月18日 Fritz Luchsinger和 Ernst Reiss
馬卡魯峰 Makalu	8463	中國／尼泊爾	1955年5月15日 Jean Couzy和Lionel Terray
卓奧友峰 Cho Oyu	8201	中國／尼泊爾	1954年10月19日 Joseph Joechler Pasang Dawa Lama和 Herbert Tichy
道拉吉利峰 Dhaulagiri	8167	尼泊爾	1960年5月13日 Kurt Diemberger、 Peter Diener、 Nawang Dorje、 Ernst Forrer 和Albin Schelbert

山峰	高度（公尺）	位置	首次被登項日期 首次登項者名稱
馬納斯鹿峰 Manaslu	8163	尼泊爾	1956年5月9日 Toshia Imanishi和 Gyalzen Norbu
南迦峰 Nanga Parbat	8125	巴基斯坦	1953年7月3日 Hermann Buhl
安娜普娜峰 Annapurna	8091	尼泊爾	1950年6月3日 Maurice Herzog和 Louis Lachenal
加舒爾布魯木I峰 Gasherbrum I	8068	中國／巴基斯坦	1958年7月5日 Andrew Kauffman和 Peter Schoening
布洛阿特峰 Broad Peak	8047	中國／巴基斯坦	1957年6月9日 Hermann Buhl、 Kurt Diemberger、 Marcus Schmuck 和Fritz Wintersteller
加舒爾布魯木II峰 Gasherbrum II	8035	中國／巴基斯坦	1956年7月8日 Josef Larch、Fritz Moravec 和Hans Willenpart
希夏幫馬峰 Shishapangma	8027	中國	1964年5月2日 Hsu Ching率領的 十位攀山好手

山魂
馬納斯鹿的回聲

文學叢書 326

作　　者　李小石
攝　　影　李小石
校　　注　林燊祿
總 編 輯　初安民
責任編輯　黃筱威
美術編輯　林麗華
校　　對　林青青　黃筱威

發 行 人　張書銘
出　　版　INK印刻文學生活雜誌出版有限公司
新北市中和區中正路800號13樓之3
電話：02-22281626
傳真：02-22281598
e-mail：ink.book@msa.hinet.net
網址：舒讀網 http://www.sudu.cc
法律顧問　漢廷法律事務所
劉大正律師
總 代 理　成陽出版股份有限公司
電　　話　03-3589000（代表號）
傳　　真　03-3556521
郵政劃撥　19000691　成陽出版股份有限公司
印　　刷　海王印刷事業股份有限公司

港澳總經銷　泛華發行代理有限公司
地　　址　香港筲箕灣東旺道3號星島新聞集團大廈3樓
電　　話　(852) 2798 2220
傳　　真　(852) 2796 5471
網　　址　www.gccd.com.hk

出版日期　2012年6月　初版
定　　價　300元
ISBN　978-986-6135-95-8

國家圖書館出版品預行編目資料

山魂：馬納斯鹿的回聲
李小石. 文字、攝影－－初版.
新北市中和區：INK印刻文學, 2012. 6
224面；17 × 23 公分.
－－（文學叢書；326）
ISBN　978-986-6135-95-8
855　101008915